Marie verbringt die Semesterferien mit ihrer besten Freundin Sara am See, in Cafés oder in der Bibliothek. Dort trifft sie auf Robert, den sie über einige Tage hinweg beobachtet, bevor sie ihm ihre Handynummer in den Fahrradkorb legt. Robert meldet sich, doch über der sich entwickelnden Liebe liegt ein Schatten, der Marie durch die Straßen verfolgt, vorbeihuscht am See, von Baum zu Baum pirscht, kommt, um sie zu holen. Marie erzählt Robert von der vorangegangenen Beziehung zu K. und dem Übergriff. Wenn sie Robert küsst, kommt ihr K. in den Sinn. Und dann ist da noch jemand anwesend, anfangs geisterhaft, körperlos: ein Ich, das sich selbst als Erzählerin der Geschichte von Marie bekannt macht und den Verlauf der Liebesgeschichte des jungen Paares in protokollartigen Episoden schildert. Sie begleitet sie durch ihren Alltag, der zwischen spielerischer Leichtigkeit und destruktiver Unnahbarkeit schwankt, bis sie selbst ein Teil der Geschichte wird.

In ihrem herausragenden Debütroman geht Anne Korth der Frage nach, ob ihre Protagonistin nach einer erlebten Gewalterfahrung wieder in die Gegenwart zurückfinden kann, in der die Liebe nicht mehr ein Ort der möglichen Bedrohung ist und ein Schatten eben nur dieser dunkle Bereich neben dem eigenen Körper, wenn er im Licht steht.

Anne Korth

PROTOKOLL EINER ANNÄHERUNG

Roman

Die Drucklegung dieses Buches wurde gefördert von:

STADT : SALZBURG LAND SALZBURG

www.omvs.at
ISBN 978-3-7013-1324-2

Lektorat: Christine Rechberger
Gestaltung: wir sind artisten
Illustration: Katharina Lorenz
Druck und Bindung: FINIDR s.r.o. (Český Těšín)

MIX
Papier aus verantwortungsvollen Quellen
FSC® C014138

Product footprint
CO_2 Neutral
PBN-CFMCP-015258
www.preferredbynature.org

Das bei der Produktion dieses Buches entstandene CO_2 wurde durch die Finanzierung von Klimaschutzprojekten kompensiert.

Anne Korth

PROTOKOLL EINER ANNÄHERUNG

Roman

OTTO MÜLLER VERLAG

Protokollkopf:

Ich habe nur mehr meine Augen.

Ach ja, die Hände, die Hände habe ich auch noch.

Ich schreibe:
Es geht um den Verlauf des Juli 2018 in der Stadt H.

1.
Sie wacht auf, liegt eine Zeit lang mit offenen Augen. Als sie an der Bettkante steht, die Laken faltet, schaut sie auf das Aquarell an der Wand: Aus dem Körper wachsen Bäume und die Konturen seiner Haut zeigen Ansätze von Bergketten. Sie öffnet das Fenster. Durchs Blätterdach geht leise der Wind. Unten auf der Straße fällt eine Tür ins Schloss. Jemand tritt aus dem Wohnhaus ins Freie.

Ich durchgehe diese Räume.

Sie durchsucht ihre Wohnung nach dem Schlüssel. Küche, Schlafzimmer, Wohnzimmer, Bad, Balkon. Sie findet ihn neben dem Spiegel im Flur. Als sie auf ihren eigenen Blick trifft, zuckt sie überrascht zusammen.

Ich durchgehe diese Räume mit meinem inneren Auge. Ich durchgehe diese Stadt H., in der ich einmal gewesen bin.

Ich schreibe:
Über dem goldverzierten Gebäude der Bibliothek stehen tiefgraue Wolken.

Sie rennt die breiten Stufen hoch, drückt die schwere Tür mit ihrem Körpergewicht auf. Ihr Blick fällt im Vorbeigehen auf die Tafel der Schließ- und Öffnungszeiten:
Geöffnet

In der Eingangshalle glänzt der Marmor.

Zwischen Bestell- und Abholtheken kommt ihr ein Mann entgegen. Er geht mit weiten Schritten und erhobenem Kopf zum Ausgang. Kurz bevor sie aneinander vorbeigehen, schaut sie auf den braunen Linoleumboden. Draußen fängt es an zu regnen. Die Tropfen wehen durch das geöffnete Fenster auf die abholbereite Bücherreihe. Eine Bibliothekarin eilt, um es zu schließen. Jetzt blitzt und donnert es auch. Die Schwingtür des Lesesaals geht auf und wieder zu.

Im Lesesaal setzt sie sich an einen der freien Tische in der letzten Reihe. Sie holt ein Buch aus ihrer Tasche. Der Saalaufseher läuft, die Hände hinterm Rücken zusammengelegt, langsam an ihr vorbei.

Sie liest: Es sei eine Performance gewesen, die die Lyrikerin zu dem Text inspiriert hätte. Darin habe jemand in unregelmäßigen Abständen auf eine ihre unbekannte Art von Trommel geschlagen. Zuerst habe sie den Sinn des immer wiederkehrenden, gleichen Tons nicht verstanden. Doch habe sie dann auf den Klang zwischen den Tönen geachtet. Dieses Nachschwingen habe sie an einen dunklen Ort geführt, ein diffuser Schmerz habe sich in ihrem Körper gezeigt. Und nach jedem neu angespielten Ton habe sich dieser Ort aktualisiert, niemals sei er abgeklungen. Es erschien der Lyrikerin damals so, als wollte jemand sagen: Schau, das hier ist ein dunkler Ort. Eigentlich möchte ich dir sagen, was sich dahinter verbirgt, aber ich kann nicht. Deswegen muss ich immer und immer wieder diesen Ton spielen.

Bleistiftstriche auf Papier.

Später im Park liegen Sträucher, Büsche, Gräser, auch Blätter vom Regen grün und schwer auf dem Boden. Vereinzelt tropft es noch. Ihre Schritte auf dem Asphalt, sonst ist es still. Sie dreht sich mehrmals über die Schulter nach hinten um, der Park ist leer. Hinter den Hausdächern ein letzter Streifen Sonne.

2.

Mit dem Fahrrad durch eine noch leere Stadt zum See. Am Eingang des Parks wartet Sara. Sie fahren die stillen Wege entlang. Von Baum zu Baum das Aufflackern der Sonne.

Leichte Wellen fallen sachte ans Ufer. Sara hat ihre Beine von sich gestreckt, das Buch in den Händen im Schoß, den Rücken krumm gebeugt. Mit ihrem Bleistift unterstreicht sie immer wieder Sätze. Wie es denn gestern gewesen sei, fragt sie Sara. Es sei nichts gewesen, sagt Sara, albern sei er gewesen mit seiner Flasche Sekt, und wendet sich wieder dem Buch zu.

Sie schaut auf ihre nackte Haut. Rinde, Erde, Gras, hinterlassen feine Maserungen.

Später gehen sie in einigem Abstand über die trockene Wiese entlang der noch jungen Birken zurück zu ihren Fahrrädern.

Sie hört das Zirpen der Grillen. Sie sitzt auf einer der Bänke vor der Bibliothek, im Sonnenfleck schüttelt es sie vor Kälte. Der Unbekannte tritt aus dem Gebäude, streckt die Hände nach oben und drückt den Rücken durch. Sein Kopf ist im Licht.

Sie stolpert und die Absätze ihrer Sandalen hallen durch den Raum. Auf Zehenspitzen geht sie weiter durch den Lesesaal. Sie setzt sich an einen Tisch in der hintersten Ecke. Neben ihr sitzt eine Person, die die aufgeklappten Bücher außer Acht lässt und aufgeregt in ihr Handy tippt. Der anderen Person neben ihr wurde ein Wagen mit historischen Beständen bereitgestellt. Sie schaut in ihr Buch, sie bewegt ihren Kopf über eine Vielzahl von Zeilen, schaut auf, der Unbekannte ist nicht zu sehen. Sie hört das Auf- und Zuschwingen der Tür, die Scharniere in den Angeln, den Luftzug im Raum.

Als sie aus dem Haupteingang ins Freie tritt, kommt er ihr entgegen. Sie streifen einander im Türrahmen. Sie hält den Kopf gesenkt.

Am Abend steht sie auf dem Balkon. Kurz vor Sonnenuntergang verlassen die Schwalben ihre Nester in den leerstehenden Häusern. In Scharen beginnen sie über den Innenhof zu fliegen. Zunächst kreisen sie in einer Schnelligkeit, wechseln aber dann ohne erkennbare Ordnung ihre Flugrichtung. Gleiten allein, spiralförmig über die Dächerlinie. Wenn die Schwalben dicht über ihren Kopf fliegen, hört sie das leise Weichen der Luft.

Sie geht durch Kiefernwälder, dicht bewachsen, sie geht von Baum zu Baum, als suche sie in der Rinde nach etwas Verborgenem. An den Waldrand grenzt das Meer, sie steht da und sieht die meterhohe Welle auf sie zukommen. Dann lange Straßen, Kurven, wie Serpentinen, durch dunkle Wälder und durch weites Land.

3.

Am frühen Morgen sitzt sie auf den Stufen zur Bibliothek und wartet, dass jemand öffnet. Es steht schon die Hitze. Verteilt auf den Stufen warten noch andere. Sie liest:

Schließzeiten

In der Bibliothek ist es kühl, sie sitzt in der letzten Reihe und schaut sich um. Sie sieht den Unbekannten in einem Buch unruhig blättern. Jetzt steht er auf. Seine Latschen machen Geräusche, wenn sie gegen die Fersen schlagen. Die Schritte sind weit.

Die Schwingtür geht auf und wieder zu.

Sie sieht ihn oben auf der Empore stehen, ein Buch auf das Geländer gelegt, lesend. Von irgendwo draußen, weit entfernt, tönen Sirenen. Sie steht auf. Sie nähert sich dem Tisch des Fremden. Darauf liegt ein dickes Buch, dessen Titel sie im Vorbeigehen nicht erkennen kann. Sie geht weiter in Richtung der Eingangshalle. Zwischen Bestell- und Abholtheken kommt er ihr entgegen. Beide schauen sich kurz in die Augen, blau, ohne dabei langsamer zu werden.

In der Eingangshalle dreht sie sich suchend nach allen Seiten um. Aus einer Ecke tritt ein Mann von der Saalaufsicht an sie heran und fragt, ob er ihr helfen könne. Sie geht automatisch mehrere Schritte zurück. Sie suche den Weg zur Empore. Der Mann weist mit dem Finger zur nach oben führenden Treppe aus schwerem Stein. Sie läuft die Treppe nach unten. In der Cafeteria riecht es nach Fett und abgestandenem Essen, langsam geht sie an der Auslage entlang. In den großen silbernen Schüsseln liegen mehrere Schnitzel übereinander, einzelne Stücke der Panade kleben am Metall. Daneben Kartoffeln, Rotkohl, außerdem eine Scheibe Brot mit Ei.

Im Essbereich sitzt der junge Mann und beißt in das Ende eines Croissants. An seinem rechten Ohr hängt ein goldener Ring.

Später hockt sie zwischen Bücherregalreihen auf dem Teppichboden, die Beine zu sich herangezogen, den Kopf seitlich abgelegt auf den Knien. Sie sieht aus den bodenlosen Fenstern ein einziges Auto auf einer mehrspurigen Straße. Auf der anderen Seite des Bücherregals sieht sie die Latschen des Fremden, auch die Fersen, auch die Zehen. Seine zweiten Zehen sind länger als die dicken Zehen.
– Entschuldigung, Entschuldigung, eine Bibliothekarin beugt sich tief zu ihr hinunter, suchen Sie etwas?

Noch später steht sie oben auf der Empore und blickt über den Lesesaal. Sie sieht den Unbekannten an seinen Tisch eilen.

Sie kann nicht aufhören zu lachen. Sie sitzt mit Bekannten von Sara in einer Bar. Sie beugt sich vor, um ihr Lachen zu verbergen. Die anderen schauen sie irritiert an, sie lacht noch, als sie vor die Tür tritt. Jetzt schreit sie vor Lachen. Sie setzt sich auf den Gehweg und wartet, bis das Zucken im Körper nachgelassen hat. Es ist dunkel, die Lichter der Geschäfte brennen noch. Irgendwo klirren Flaschen, ein Betrunkener grölt, im Winkel eines Hauseingangs sieht sie eine Person an einer Zigarette ziehen. Sie kehrt zurück in die Bar, kurz danach geht sie nach Hause.

Sie geht durch hohes Gras, hört das süß gewordene Rauschen der Halme, sie streckt sich auf Zehenspitzen. Hinter dem Gras steht der Unbekannte und winkt sie zu sich heran. Er sagt, hier ist mein Garten, der Winter ist vorbei. Hier stehen blühende Lilien, hinter ihnen liegt ein See. Sie tritt heran an die Balsambeete. Safran, Kalmus und Zimt. Dort ist ein Granatapfelbaum und unter seiner Zunge Honig und Milch.

4.
Weil sich Haare aus Saras Pferdeschwanz gelöst haben, wehen sie ihr jetzt mit dem Wind ins Gesicht. Immer wieder, beiläufig, streift sie die einzelnen Strähnen von ihrer Wange. Am Ufer des Sees endet das Wasser in sachten Wellen. Am frühen Morgen ist es noch leer. Sie gehen nebeneinander, beide tragen ein Handtuch in den Händen. Die Birken stehen dicht an dicht auf der Wiese und sie gehen, jeweils für sich, Slalom durch die weißen Stämme.

Sara greift den Saum ihres Kleides, zieht es über die Schenkel, den Bauch, die Brust und legt sich in das taufeuchte Gras. Was sie jetzt in den Semesterferien mache, will Sara wissen, was ihre Pläne seien. Sie schaut Sara an und zuckt mit den Schultern.

Hinter der Kreuzung bleibt sie plötzlich stehen. *My heart*, die Musik kommt aus einem geöffneten Fenster im zweiten Stock. *Is in the highlands*, klingt der leitende Gesang, *my heart is not here*. Das Cello setzt ein, sie läuft weiter.

Die Stadt H. vor meinem inneren Auge funktioniert anders als die reale Stadt. Die Situationen, Momente und Augenblicke, die ich dort erlebte, zeigen sich mir in Form von Bildern. Die Bilder zeigen nicht nacheinander, was in der realen Stadt H. passiert ist, sie sind durcheinander. So ist auch die eigentliche Ordnung der Stadt verschwunden. Die Bibliothek zum Beispiel liegt direkt neben dem See, wenn ich nicht aufpasse, führt die Schwingtür des Lesesaals aus dem Sommer 2018 direkt in das Schlafzimmer von 2016. Der Raum, der mich zu sich zieht und von dem die größte Gefahr ausgeht; der Raum, der sich vor mich stellt und alles andere zum Verschwinden bringt. Ich muss die Ordnung der Dinge halten.

5.

Sie geht durch die langen Reihen der Bücherregale, auf der Suche nach der Nummer GM1001-02. Nach einiger Zeit fällt ihr auf, dass sie im Bereich von GN sucht. Schließlich findet sie das Buch an seinem richtigen Platz.

Über der Empore auf der rechten Seite des Lesesaals ist ein Bild an die Wand gemalt: Ein Kind sitzt auf dem Schoß seiner Mutter, die ein rotes, majestätisches Gewand trägt. Es berührt sanft ihre Wange. Sie sitzen auf einem Felsvorsprung, aus dem quellendes Wasser in ein ovales Becken fließt. Dort am Beckenrand spielen zwei Kinder mit einem Ball, neben ihnen hält eine Frau den Stiel einer Rose ins Wasser. Eine andere schaut versunken ins Quellbecken hinein, die Beine zu sich herangezogen. An ihr vorbei geht eine Frau, in einen goldenen Seidenrock gekleidet, in ihrer Hand ein Bouquet Blumen. Daneben grasen zwei Ochsen. Im Hintergrund des Bildes liegen ringförmig Felsen, von denen fünf Wasserfälle hinunter ins Tal fließen. Über ihnen das Zeltdach des Himmels, an dem kreisrunde Wolken stehen.

Sie schreibt: 01538193482 Marie. Sie packt ihre Sachen zusammen und folgt den Fluren Richtung Ausgang. Sie dreht sich nicht um. Draußen, am Fuß der Treppe, bleibt sie stehen. Dann knüllt sie den Zettel zusammen und wirft ihn, im Vorbeigehen, in seinen Fahrradkorb. Am Ende der Straße steht Sara, wartend, und lacht.

In der Nacht dringt ein Schatten in die Wohnung ein. Er zieht sie an den Haaren aus dem Bett, schleift sie zur Tür, ihr Körper ist taub, sie kann sich nicht bewegen. Dann wacht sie auf. Sie geht in die Küche, füllt Milch in ein Glas, das sie mit ihrem Ellenbogen umstößt, als sie die Flasche wieder in den Kühlschrank stellen will. Die Milch tropft auf den Küchenboden. Im Bett fängt ihr Kopf stark an zu jucken, sie kratzt so lange, bis unter ihren Fingernägeln Blut zu sehen ist. Auch später schläft sie nicht wieder ein.

6.

Am Morgen steht sie vor dem Spiegel, fährt mit einer kleinen Bürste über die Wimpern, trägt Rouge auf und Lippenstift. Sie nimmt die großen, goldenen Ohrringe, schaut in ihr buntes Gesicht. Dann wäscht sie alles wieder ab. Sie zieht sich etwas über, kocht Kaffee, trinkt ihn am Küchenfenster. Sie schaltet das Radio an, stellt die Lautstärke so ein, dass nur ein Flüstern zu hören ist. Viel zu früh verlässt sie das Haus.

Sie steigt auf ihr Fahrrad, dreht sich um, als rufe jemand ihren Namen.

Sie fährt die Straße hinunter in die Innenstadt, über Gehwege fahren Kehrmaschinen, die Müllabfuhr leert die Tonnen, LKW haben vor den Geschäften ihre Ladefläche geöffnet. Im Park vor der Universität geht sie drei Runden um die größere Wiese, ohne etwas zu sehen.

Später sitzt sie auf den Stufen des Instituts. Sara klingelt, als sie mit dem Fahrrad vor ihr stehen bleibt. Dann setzen sie sich in einen Arbeitsraum und lesen schweigend Texte. Immer wieder, in Dauerschleife, schauen sie sich ein Video auf YouTube an: Wie eine Stute vom Halfter gelassen wird und mit den anderen Pferden rennt und rennt und rennt. Durch hohe Wiesen und durch weites Land. Am Ende des Videos steht die Stute prustend und mit aufgeblähten Nüstern am Gatter.

Sara fragt, ob er sich denn noch nicht gemeldet hätte. Sie verneint. Dann steht sie auf, um zum Kopierer zu gehen. Sara kommt ihr kurze Zeit später schreiend hinterher und zeigt auf ihr iPhone.

hey, willst du dich treffen? robert.

– Was für ein dämlicher Name, sagt Sara.

Sie nimmt Sara schweigend das Handy aus der Hand und legt sich damit unter den Tisch im Seminarraum. Ihr Gesicht verbirgt sie in den Händen. Sara sagt, sie müsse rauskommen und antworten. Sie bleibt liegen, Sara macht Fotos mit der Handykamera von ihr und lacht.

Im Wald verfährt sie sich. Gewöhnlich weiß sie den Weg zum See, nur findet sie ihn heute nicht. Sie steht mitten im Wald auf einem kleinen Trampelpfad und schaut in alle Richtungen, um sie herum nur Bäume. Im Gebüsch knackt es, sie dreht sich ruckartig um. Auf den trockenen Zweigen eines Buschs springen die Amseln.
– Ich habe Angst vor Amseln, sagt sie.

Später schwimmt sie im kalten Wasser Bahnen am Ufer entlang. Dann steht sie vor dem See, ein Handtuch um den Körper gelegt, und tippt in ihr iPhone:

morgen im m.-park um 8?
bei den bänken?

Es vibriert noch in ihrer Hand.

bis dann

Ich durchgehe diese Stadt H. mit meinem inneren Auge zum letzten Mal. Ich durchgehe diese Stadt H., um Abschied zu nehmen. Die geschwungenen Linien der Wörter, Wege, Kurven, Kreuzungen, Schlaufen, Abzweigungen, Plätze, zeigen meinen zurückgelegten Weg.

Mitten in der Nacht wacht sie auf. Sie sucht zwischen den Laken, sie sucht, aber sie findet nicht. Sie geht aus dem Haus, die Straßen sind dunkel und leer. Die Nacht ist kühl, sie flüstert seinen Namen. Er tritt von hinten an sie heran. Sie sagt: Komm, gehen wir über die Felder, gehen wir zu den fernen Gärten. Sie dreht sich nach ihm um. Der Schatten greift nach ihrem Haar.

Ich schreibe:
Das ist die Geschichte eines Aufbruchs.

Marie.
Ich nenne sie Marie.

7.

Sie sieht ihn schon aus der Ferne. Sie fährt mit dem Fahrrad langsam heran, er sitzt mit dem Rücken zu ihr. Er dreht den Kopf, schaut nach links auf den Parkweg. Sie sieht ihn warten. Sie macht eine plötzliche Kehrtwende und fährt in die Richtung, aus der sie gekommen ist. An der nächsten Straßenkreuzung dreht sie wieder um, schließt ihr Fahrrad neben seinem ab, schaut in den Fahrradkorb, in dem kein Zettel mehr liegt.

In einigem Abstand setzt sie sich neben ihn auf die Bank. Die Augen sind blau. Ein Schwarm Tauben landet vor ihnen auf dem Asphalt. Die Tauben gehen in alle Richtungen.

– Ich bin Marie, sagt sie endlich.
– Ich bin Robert, sagt er leise.

Kurz trifft sie seinen Blick. Plötzliche Flügelschläge, die Tauben fliegen auf, zur Dächerlinie.

– Du bist ja aus der gleichen Richtung ..., sagt er vorsichtig.
– Ich wohne da hinten, und sie zeigt mit dem Finger hinter ihren Rücken. Da auf der Hauptstraße.
– Ich auch, sagt er.

Sie schaut ihn an, sie lächeln sich zu, ihre Blicke fallen auf den Boden.

– Und wo genau, fragt er.
– Ganz hinten, noch hinter der Kreuzung, und du?
– In der Mitte. Gegenüber vom Café Romeo.
– Ja, das kenn ich.
– Unangenehmer Name, sagt er.
– Was?

– Das Café.
Sie lacht.

– Vor ein paar Tagen, sagt er mit einem vorsichtigen Blick zu ihr, habe ich dich auf der Empore stehen sehen.
– Ja, fragt sie.
– Ich dachte, du hättest das Bild gesehen, das da an der Wand …
– Da ist diese Frau, sagt sie, die so schaut, also die hat die Beine, die Beine an sich herangezogen und blickt versunken in diesen, also Brunnen, oder Wasserbecken hinein.
Sie sieht ihn fragend an, er nickt.

– Kennst du das, setzt sie wieder an und ihre Augen schweifen dabei in den Park, sie hält kurz inne, dann, als müsse sie sich überwinden, sagt sie: Kennst du das, dass du Bilder anschaust und anschaust und nicht begreifen kannst, also nicht verstehen kannst, dass du nicht Teil davon bist, also, dass du außerhalb bist, nicht drin mit den anderen?
Sie blickt kurz zu ihm, als fürchte sie, sie könne nicht verstanden werden.
Er eilt ihr zu Hilfe.
– Ja, also vielleicht, sagt er, ich weiß nicht.
Sie, vorher noch aufrecht sitzend, sackt jetzt enttäuscht zusammen.

Er beobachtet lange eine bestimmte Stelle im Park, als suche er dort Wörter.
– Manchmal, sagt er, ist mir die Welt um mich herum wie ein Bild, das ich mir anschaue, oder wie ein Film, von dem ich fasziniert bin, und ich wünsche mir dann, auch Teil davon zu sein, doch ich weiß nicht wie?

Sie lachen beide lautlos und ihre Blicke fallen zu Boden. Zeitgleich geht ein Wind. Gerüche wie vertrocknetes Gras, auch Mohn.

– Und du, fragt sie.
– Was, fragt er und schaut sie an.
Ihre Augen treffen sich, sie sind hellwach.
– Ach so, sagt er. Ich mag den Tänzer.
– Was für ein Tänzer, fragt sie.
– Rechts neben der Frau mit dem Bouquet Blumen, da ist ein Mann, der die Hände tanzend nach oben streckt und mit seinem Körper ansetzt zur Drehung?
– Den habe ich überhaupt nicht gesehen. Wirklich, fragt sie.
– Ja, ich glaube schon. Ziemlich sicher eigentlich.
– Warum habe ich den nicht gesehen? Sie lacht.
Er fängt auch an zu lachen.

Nicht weit, rechts von ihnen, fährt ein Zug stadteinwärts zum nahe gelegenen Hauptbahnhof. Räder quietschen auf Schienen, der Zug kommt zum Halten.

– Wenn diese schweren Züge unter lautem Quietschen anhalten, sagt er, um auf ihr freies Gleis zu warten, kommt es mir vor, dass auch ich beginne zu warten und auch eigentlich der ganze Park. Ein geduldiges Warten, still vielleicht auch, und trotzdem bin ich jedes Mal erleichtert, wenn die Züge dann wieder zur Fahrt ansetzen.
– Ich würde gerne mal wieder verreisen, sagt sie.
– Wohin, fragt er.
– Keine Ahnung, überallhin. Vielleicht ans Meer? Mit dem Zug so die Küste entlang? Sie schaut auf den Boden.
– Bin ich auch noch nie.

Sie beugt sich nach vorne, mit Blick in den Park hinein, sie hat ihre Handballen auf der Bankkante abgestützt. Ein kleiner Teil ihrer Hand berührt jetzt die Außenkante seines rechten kleinen Fingers. Sie sitzen regungslos, als fürchten sie, die Berührung könne mit der kleinsten Bewegung verschwinden.

Der Zug fährt weiter in Richtung des Zielbahnhofs.
Beide schauen ihm nach.

Später ist der Park menschenleer. Sie gehen die dunklen Wege entlang, nebeneinander, langsam und still. Am Himmel ein Flugzeug, das in der Dunkelheit durch die aufblinkenden Lichter zu erkennen ist, als sende es geheime Zeichen.

Während sie zu den Fahrrädern zurückgehen, wird sie immer langsamer, auch ist die Spannung aus ihrem Körper verschwunden, der Körper scheint so erschöpft zu sein, als könne er auf der Stelle liegen. Und jetzt nähert ihre Hand sich kaum sichtbar der seinen, wie um ihn festzuhalten, zieht sich aber dann sofort wieder zurück.

Sie fahren durch die leeren Straßen, sie fährt vor, er hinterher. Vor seiner Haustür, die Fahrräder, über die sie sich beugen, zittern dabei leicht, eine kurze Umarmung.

Er überquert im Licht der Laternen die Straße. Sie sieht ihn noch sich nach ihr umdrehen, dann fährt sie langsam nach Hause.

8.

Am Morgen sitzt sie auf einer Bank im Park und bemerkt, dass sie ihren Schlüssel verloren hat. Mehrmals fährt sie den Weg auf und ab zwischen Innenstadt und der Bank im Park. Sie fragt auch in der Bäckerei nach, wo sie sich kurz davor ein Brötchen gekauft hat, doch die Verkäuferin sagt, dass nichts abgegeben worden sei. Im Park kniet sie hinter der Bank im Efeu und streicht mit ihrer Handfläche durch das Beet. Laub raschelt, aber der Schlüssel bleibt verschwunden.

Nach dem Seminar trifft sie Sara im Café. Sie sagt, dass sie ihren Schlüssel verloren habe, vielleicht könne sie jetzt eine Reise machen, sie komme ja schließlich nicht mehr in die Wohnung.

– Aber deine Nachbarin hat doch den Ersatzschlüssel, sagt Sara.

Am Nachmittag klingelt sie mehrmals bei der Nachbarin, aber niemand öffnet. Dann verlässt ein älterer Mann das Haus und sie huscht an ihm vorbei ins Treppenhaus. Sie sitzt vor der Wohnungstür der Nachbarin, den Kopf an den Türrahmen gelegt, Augen halb geöffnet, hin und wieder rennt jemand die Treppenstufen hoch oder runter, Türen fallen ins Schloss. Im Augenwinkel verschwindet der Schatten hinter dem oberen Treppenabsatz.

Die Nachbarin hat eine Zeitung unterm Arm und einen Strauß Blumen in der Hand. Sie steht auf, die Nachbarin schließt die Tür auf und überreicht ihr den Schlüssel.

Die Wohnung liegt ruhig und unberührt da. Es gibt viel Sonnenlicht. Sie tritt ans Fenster und spricht sehr leise zu sich selbst.

– So befangen.

Am Abend, auf dem Sommerfest des Instituts, wiegt sie sich zu kubanischer Musik. Die Lichter der bunten Lampions verschwimmen im Regen. Später fährt sie betrunken nach Hause.

Noch später liegt sie im Bett im dunklen Raum. Bei ihr ist jemand, doch kann sie seinen Körper nicht erkennen. Nichts zeichnet ihn ab, nichts unterscheidet ihn von der Dunkelheit. Die Stimme spricht auf sie ein, sie liegt versteinert da. Der Schatten legt sich jetzt hinter sie und umklammert sie zärtlich mit Armen und Beinen, sie versucht sich zu befreien, doch es gelingt ihr nicht.

9.

Vor der Haustür steht Robert. Sie begrüßen sich in einer Umarmung, in der noch Platz für etwas Drittes wäre. Sie folgen der Straße. Zwischen dem Auspufflärm eines Autos sagt er:
– Da ist eine Bank, auf die ich mich gerne mal setzen würde.
Über die Seitenstraße gehen sie hinüber zum Park.
Der Himmel ist grau, hin und wieder kommen Windböen und nehmen Besitz von der Kleidung, den Haaren. Als sie an der Bank ankommen, fallen Tropfen auf ihr Gesicht. Die letzten Meter zum Restaurant müssen sie durch den strömenden Regen rennen.

Im Restaurant bestellt sie eine Pizza Margherita. Sie teilen, während der Regen die Scheiben hinunterfließt. Sie sieht seine nach den Stücken greifenden Hände, vorsichtig ziehen sie ein Stück vom anderen ab.
– In Schleswig-Holstein, sagt er. Und du?
– In der Nähe von Wuppertal.
– Bist du oft mit der Schwebebahn gefahren, fragt er.
– Hin und wieder. Warst du schon mal da, fragt sie.
– Noch nie, sagt er und schüttelt leicht den Kopf.

Auf dem Fußboden ist eine dünne Schicht Wasser, Abdrücke von Schuhen und Schmutz.

– Nimm das letzte Stück, sagt er.
– Nein, nimm du, antwortet sie.
Dann nimmt er es und teilt es wieder.

Später, als sie an die freie Luft treten, kommt am Ende der Straße die Sonne heraus. Jetzt bemerkt sie den starken Verkehr. Zuerst fährt ein Krankenwagen mit Blaulicht und Sirene vorbei, dann ein Polizeiauto. Die Autos kommen ins

Stocken, jemand beginnt zu hupen. Eine Straßenbahn hält an der Haltestelle, mehrere Menschen steigen aus, einige ein. Sie wird von zwei jungen Frauen angerempelt, die versuchen, die Bahn noch zu erwischen. Auf der anderen Straßenseite, neben dem Gemüsegeschäft und vor den Schaufenstern einer Spielothek, stehen drei Männer und schreien sich an. Sie biegen in eine ruhige Seitenstraße, in der sich ihr Gang beiderseits wie von allein verlangsamt.

– Du machst sehr große Schritte, sagt sie.
Sie geht vor, macht weite Schritte, springt fast, sie schiebt ihre Schultern ruckartig von rechts nach links und geht mit dem Oberkörper zuerst.
– Und du gehst so, sagt er.
Er geht kerzengerade, seine Schritte werden kleiner, dafür aber auch schneller. Dann schaut er sie an, sie lachen, er fällt wieder in seinen eigenen Gang und sagt:
– Ich habe mir meinen Gang abgeguckt, von zwei Freunden, die sehr schön sind, groß gewachsen, sicher im Auftreten, ihre Gesten ... unglaublich ausladend. Einmal gingen wir zusammen durch eine Stadt, ich neben diesen zwei Schönlingen, in meiner Erinnerung stolperte ich sogar. Jedenfalls habe ich dann geschaut, wie sie es machen. Weiter Schritt, leicht Brust nach vorn, sagt Robert.
– Als ich einmal in einem Theater spielte, sagt sie, wir probten für ein selbstgeschriebenes Stück, kam die Regisseurin zu mir auf die Bühne und sagte, dass ich ein Kostüm bräuchte mit einem schweren Schuh. Am nächsten Tag brachte sie mir große Lederstiefel mit einer dicken, schwarzen Sohle. Damit ich nicht davonschwebe, sagte sie mir.

Sie haben ihre Schritte während des Sprechens so aneinander angepasst, dass sie in einem Plauderton gehen können.

Dabei drehen sie Kreise um lediglich zwei Häuserblocks, ohne auf den Weg zu achten. Mittlerweile hat es begonnen zu dämmern, die Lichter der Laternen sind angegangen, zwischen den Häusern ist es schattig und feucht. Mit dem Lichtwechsel ist auch ihr Sprechen ein anderes geworden, so, dass es fast ein Flüstern ist.

– Und sonst, fragt er, was interessiert dich an der Welt? Er lacht. Entschuldige diese große Frage.
Sie lacht ebenfalls, sie sagt, dass sie ja immer woanders sei. Robert schweigt, sie schaut ihn immer wieder von der Seite an, er aber bleibt stumm.

Und was Marie Robert daraufhin fragt, bleibt mir komischerweise fern: Ob sie die Gegenfrage stellt oder sich nach seinem damaligen Schulweg erkundigt, ob er mit dem Bus gefahren sei oder doch gelaufen. Was er da gesehen habe oder auch wann er das erste Mal Achterbahn gefahren sei. Der erste verlorene Zahn, die erste Demo?

Marie?

Sie stehen vor einer roten Backsteinkirche. Die Kirche ist umgeben von hoch gewachsenen Kastanien und Ahornbäumen, darunter Bänke. Sie setzen sich. Durch das gelbe Licht der Straßenlaterne wird der durch ihre Schritte aufgewirbelte Staub des Schotters sichtbar.

Während sie schweigen, hören sie klapperndes Geschirr, Stimmen aus einem Fernseher, die über das Kopfsteinpflaster fahrenden Autos. Sie sagt, sie habe schon oft auf dieser Bank gesessen, aber heute fühle sie sich, als sähe und höre sie diesen Teil der Stadt zum ersten Mal.

An der Bar in einem der Cafés an der Hauptstraße greift sie unter der Theke nach seiner Hand.

Später gehen sie umschlungen die Straße entlang, in Richtung seiner Wohnung. Mehr als einmal werden sie von den ihnen Entgegenkommenden angerempelt. Sie schwanken noch mehrere Meter danach, ihr Gehen ist jetzt ein Taumeln. Sie folgt ihm in die Dunkelheit des Treppenhauses und er sagt noch:
– Halte dich lieber am Geländer fest, das Licht ist schon seit mehreren Wochen kaputt.

Und ich bleibe am Fuß dieser Treppe stehen. In diese vollkommene Dunkelheit hinein variiere ich die Töne: Mein Herz ist in den Highlands, mein Herz ist nicht hier. Aber niemand hört mich. Die nach oben gehenden Schritte auf den Stufen entfernen sich immer mehr.

10.

Sie fährt mit dem Fahrrad durch den Wald, sie fährt schnell und schaut sich nicht um. Am Seeufer steht sie eine Zeit lang außer Atem. Sie sieht Insekten sachte um die eigene Achse schweben. Auf dem Rückweg kommen ihr, sobald sie langsamer fährt, unmittelbar die Tränen. Sie wischt sie mit dem Unterarm fort.

Am Nachmittag geht sie spazieren. Sie biegt links ab, dann wieder rechts. Sie schaut dabei auf ihre Füße. Am Abend steht sie in der Küche und kocht, sie isst auf dem Balkon, dann klingelt das Telefon, auf dem Display steht *Schwester.*

– Endlich, sagt sie.

Das Telefon unter das rechte Ohr geklemmt, trägt sie den Teller mit den übrigen Spaghetti in die Küche.

– Ja, ja. Ach, ihr kommt in vier Tagen schon?

Sie öffnet den Mülleimer, hält inne.

– Nein, ich freu mich sehr.

...

– Gut.

...

– Nein, wie soll's schon gehen.

Dann kippt sie die Essensreste in den Müll, sie streicht mit der Gabel am Porzellan entlang.

– Ich weiß nicht.

...

– Ich habe jemanden kennengelernt.

...

– Hab ich mir gedacht, dass du das schon weißt. Erzähl ich alles dann.

...

– Ne, wie ist es denn bei dir?

Sie stellt den Teller ins Spülbecken und tritt ans Fenster.

– Ach so, jaja, dann geh mal an die Tür. Wir sehen uns ja eh bald.

Sie liegt im Bett im dunklen Raum, im Treppenhaus fallen Türen ins Schloss. Jemand geht die Treppe nach oben. Der Schatten kommt, um sie zu holen. Der Schatten geht langsam und schwer. Der Schatten geht und geht.

11.

Sie liegt im taghellen Zimmer, die Handflächen auf ihr Gesicht gelegt, eine Zeit lang reglos.

Sara steht am Eingang des Parks und schaut nach oben. Über den blauen Himmel ziehen Schleierwolken. Im Wald fahren sie mit ihren Fahrrädern eine Weile hinter einem Jogger her, das Neongelb seiner Schuhe verschwimmt mit der Luft. Dann plötzlich biegt er links ab und Sara und sie sind wieder allein.

Sie halten an der Birkenwiese ihre Handtücher in den Wind, um sie dann auf den Boden zu legen. Sie zieht sich aus, in ihrem Schamhaar glitzert die Sonne.

Sie öffnet ein Auge, Sara hat sich ihr zugewandt, sie liegt auf ihrer rechten Seite, den Kopf auf der Hand abgestützt, und schaut sie erwartungsvoll an.
– Aber magst du ihn?
– Mögen tu ich ihn schon.
– Wirst du es ihm sagen?
– Was?
– Du weißt schon.
Ein Tropfen Schweiß rinnt aus ihrer Achselhöhle den Arm entlang.

Später schwimmt sie fort vom Ufer, in die Seemitte hinein. Sie lässt sich kurz von der Wasseroberfläche tragen, kehrt dann in langsamen Zügen zurück. Als sie ihren Körper abtrocknet, sieht sie, hinten bei der großen Wiese, am Waldrand den Schatten vorbeihuschen.

– Was ist, fragt Sara.
– Nichts, sagt Marie.

Noch später steht sie am Fenster in ihrer Wohnung mit einem Buch in der Hand und unterstreicht Sätze:
»Ist die Kiefer nicht der Baum, der das meiste Totholz hervorbringt? Der sich um die große Mehrzahl seiner Gliedmaßen, um den größten Teil von sich selbst nicht kümmert, der sich für diesen ganz und gar nicht interessiert, indem er ihm doch jeden Saft entzieht zugunsten des Wipfels (des grünen Kegels?) Daher jener Geruch nach Gesundheit rund um die Stämme ... Sie erstrahlt einzig durch ihren höchsten Wipfel: ein bißchen wie eine Kerze.
Ein sehr geruchsstarker Baum, und nicht allein durch seine Blüte.«

Die spröde Rinde in diesen Kiefernwäldern, die sie mit den Fingern abreißt, dahinter Käfer, die aufgeregt auseinanderschwinden hin zum nächsten Versteck. Der Schatten pirscht von Baum zu Baum. Sie möchte rennen, aber die Beine schlagen Wurzeln. Sie möchte schreien, aber der Mund ist voller Rinde.

Ich starre jetzt öfters in der Luft herum, ohne mit meiner Hand die Wörter zu setzen. Vor meinem inneren Auge gehen die Bilder und fließen die Sätze, ohne dass ich in der Lage wäre sie aufzuschreiben. Es dauert eine Weile, bis ich wieder zu mir komme, dann sitze ich da, in einem sehr dichten Nebel. Einzelne Bilder hängen noch still und wabern im Dunst. Erst nachdem ich sie aufgeschrieben habe, ziehen sie fort.

Einmal sehe ich zum Beispiel Marie sprechen. Die Person, zu der sie spricht, kann ich nicht sehen, auch der Raum, in dem sie sitzt, ist für mich vollkommen gestaltlos.

Marie sagt: Ich google seinen Namen. Ich google immer noch seinen Namen. Es sind wenige Treffer und nie neue. Ich weiß von einem Foto auf Instagram. Öffnet sich der Tab mit seinem Gesicht, bin ich jedes Mal von Neuem überrascht von seiner Schönheit. Ich versuche darin Anzeichen zu finden, ob man es sehen kann. Anders als das linke Auge, das sanft blickt und strahlt, hängt das rechte Lid über der Augenpartie, sodass nur mehr – fast ist es ein Schlitz – die Pupille, das dunkle Braun seiner Iris und ein Körnchen weiß zu sehen ist. Ich bilde mir ein, hier, an dieser Stelle könne man es erahnen.

Ein anderes dieser Bilder:
Marie, wieder in diesem gestaltlosen Raum. Während sie spricht, mustert sie ihre geöffneten Handflächen:
Wenn ich jetzt Robert küsse, dann kommt mir oft K. in den Sinn und dann reiße ich die Augen auf vor Schreck.

Oder so:
Rattatatat, Rattatatat

Marie sitzt in einer vollen U-Bahn in einer größeren Stadt. Sie sitzt in Fahrtrichtung in einem Vierer, ihr gegenüber ist noch ein Platz frei. Die Türen öffnen sich, düdidáa, schließen sich. Ein Mann hat sich auf den freien Platz gesetzt. Ihre Blicke treffen sich, sie zuckt erschrocken zusammen. Maries Augen und die des Mannes verhaken sich ineinander. Sie kennen sich. Die Blicke kommen nicht voneinander los.

Dann spricht Marie leise, so leise, dass nur er sie hören kann:
– Weißt du, was du getan hast? Weißt du, was mit mir geschehen ist?

Ich schreibe:
Steig aus,
Marie.
Sie haben die nächste Station ja schon angesagt.
Lass die U-Bahn mit allem Drum und Dran weiterfahren.

Sehe sie fahren, Marie!

Rattatatatat
Rattatatatat

Marie geht die Straße entlang. Blätter fliegen über den Asphalt. Ein älterer Mann schnäuzt sich im Gehen die Nase. Eine Feder weht langsam, stockend über den Gehweg. Am Himmel fliegt ein Flugzeug, weiter hinten ruft eine Frau nach ihrem Hund. Ein Kind auf einer Schaukel schwingt vor, wieder zurück. Eine Frau setzt sich auf eine Bank. Das Kind auf der Schaukel lacht. Eine Frau tritt aus der Tür auf die Straße, schaut nach links, dann nach rechts. Die Mutter hält die Schaukel an. Der Schatten der Bäume liegt reglos auf dem Asphalt.

Führen mich die Wörter zurück in den Wahnsinn, oder, wie ich hoffe, daraus hinaus?
Denn, wenn ich die Bilder aufschreibe, zeige ich nicht einfach nur das, was schon stattgefunden hat? Lasse ich die gleiche Geschichte nicht wieder und wieder ablaufen? Die Geschichte, die ich eigentlich hinter mir lassen möchte – sprich: vergessen?

Aber jetzt betritt Marie wieder diesen gestaltlosen Raum und beginnt zu sprechen:

Könnte ich die Geschehnisse einmal der richtigen Person erzählen, könnte ich dieser Person einmal in den richtigen Worten beschreiben, was vorgefallen ist, dann würde die Person mich vielleicht verstehen und ich wäre endlich von den Bildern befreit.

Am Abend finde ich Marie wieder, wie sie bei Dämmerung am Waldrand mit einem Ast in der Hand auf die umstehenden Bäume einschlägt. Den Ast hält sie dabei wie einen Baseballschläger. Und dann steht sie da, blass im Gesicht, streicht über die Rinde der Bäume, entschuldigt sich.

12.

Als Robert das erste Mal ihre Wohnung betritt, öffnet er alle Türen, stellt sich mitten in den Raum, von wo er sich vorsichtig, mit Blicken tastend, umschaut. Am gedeckten Tisch auf dem Balkon sagt er, dass es hier kaum etwas zu sehen gäbe, von dem ausgehend er mehr über sie erfahren könne. Es erinnere ihn an ein Hotelzimmer, in dem er mal gewesen sei. Lediglich der Fernseher sei etwas besonderes, da ja in seinem Freundeskreis kaum eine Person noch wirklich fernsehe. Während er spricht, hält er die Gabel voller Nudeln vor dem Mund. Sie hingegen isst mit großem Appetit. Er schiebt den halb vollen Teller zur Seite, sie geht in die Küche, kurze Zeit später tritt sie wieder an den Tisch. Auf ihrem offenen Handteller liegt eine Orange, die sie ihm darbietungsvoll hinhält.

– Nimm, sagt sie und schiebt die Hand näher an ihn heran. Sie sieht, wie er den Nagel in die Haut bohrt, Perlen von Saft spritzen zur Seite, dann zieht er die Schale von der Frucht. Er kratzt mit seinem Fingernagel an den weißen Fäden des Fleisches.

– Sag mal deinen Namen, sagt sie.

– Robert, sagt er und schaut auf.

Wenig später sieht sie, wie er im Wohnzimmer am Fenster steht mit dem Rücken zu ihr, die langen Beine, die schmalen Hüften, dahinter das Licht. An seinem Ohr hängt der goldene Ring, sie atmet aus. Dann dreht er sich um, er muss etwas auf dem Boden gesehen haben, denn er bückt sich. In seiner offenen Hand liegt eine Stecknadel.

– Hier, die lag auf dem Boden.

Sie nimmt ihm die Nadel aus der Hand, legt sie auf den Tisch. Als sich ihre Blicke treffen, zuckt sie zusammen. Seine Hand fährt kleine Bewegungen über das Holz, blaue Adern ziehen sich über den Handrücken.

– Was ist, fragt Robert leise.

Sie treten aus dem Wohnhaus ins Freie. Sie gehen, ohne einander zu berühren, die Straße nach unten.
– Wir sind oft an den See gefahren, sagt sie.
– Wer ist wir, fragt Robert und schaut sie an.
– Aber nein, vielleicht stimmt das auch nicht, vielleicht waren es nur zwei- oder dreimal in dem einen Jahr, oder mehr? Ich weiß nicht.

Roberts Blick fällt auf den Boden, sie bleibt stehen, fragt:
– Und gerade eben?
– Ja?
– Hast du denn wirklich die Orange …?
– Was?
– So daran gekratzt?
– Was?
– An der Orange? Eben noch, als wir da saßen, fragt Marie.
– Die Orange, fragt Robert. Hab ich sie nicht einfach geschält? Mit dem Messer die Schale aufgeschnitten, sie abgezogen und so weiter?

Sie gehen mit gesenkten Köpfen.

– Oder was meinst du, fragt er nach einer Pause.
Sie sieht ihn von der Seite her an, sein ihr zugewandtes Gesicht.
Sie schweigen.

– Sorry, sagt sie dann.
– Was ist?
– Das war …
– Ja?
– … mein Freund, sagt Marie. Damals …, sagt Marie und lächelt, … war er noch mein Freund.

Sie wird plötzlich schneller, entfernt sich von ihm, dreht sich nach ihm um, geht wieder auf ihn zu.
Robert bewegungslos jetzt, als begreife er. Er fragt:
– Und dann?
– Ich habe mich getrennt. Er hat viel genommen – ich meine Drogen. Ich bin weggezogen, also hierher. Und dann war Herbst und ich war in dieser neuen Stadt und ich fühlte mich sehr klein und auch leer. Ich dachte, ich brauche ihn zurück. Und dann habe ich ihn angerufen und er hat gesagt, dass er kommen würde.

Sie gehen jetzt wieder die Straße entlang, langsam.

– Und schon am Bahnhof, als er auf mich zugelaufen ist, hatte ich Angst. Dünn, ganz dünn war er und so lose … in den Bewegungen.
Sie lacht.
Robert schaut kurz auf.
Ihre Blicke treffen sich, sie sagt:
– Wir sind in eine Pizzeria und er hat geredet und ich fand nichts Interessantes daran und ich habe mich geschämt, dass ich mit jemandem hier sitze, der so ist. Aber ich dachte auch, wären wir erst mal zu zweit, dann würde eine gegenseitige Berührung uns aus diesem Alptraum befreien, vielleicht. Aber wir sind in eine Bar, Bekannte von mir waren da und wir haben uns zu ihnen gesetzt. Ich redete mit den anderen, aber er interessierte sich für jemanden, der am Ende des Tisches allein saß.

Er geht neben ihr, stetig und ruhig, mit einem Gesicht, als warte er.

– Meine Hand, sagt sie, meine Hand hat seinen Körper gesucht – und dann lag sie da auf seinem Schenkel.

Sie hält inne.
- Nutzlos, sagt sie. Eine ganz verschwendete Hand. Er hat sie nicht mal bemerkt. In regelmäßigen Abständen stand er auf und ging mit dem Fremden aufs Klo. Später, sagt sie und schaut Robert an, sind alle gegangen. Alle gingen nach Hause, auch ich wollte gehen, aber er wollte bleiben.

Robert bleibt stehen, erst da bemerkt sie, dass sie sich abseits der großen Straße befinden. Sie stehen auf der Brachfläche, die jetzt in der Nacht ein dunkles Feld ist. Robert zieht Kreise mit der Schuhspitze im Schotter.

- Und dann, fragt er. Irgendwann seid ihr nach Hause gegangen?
- Ja.
- Zu zweit?
- Ja.

Wind.
Weiter hinten schlägt ein Bauzaun lose in den Angeln. Metall schlägt gegen Metall. Der Ton klingt nach, in der stillen Luft. Sie schaut ihn an, mit dem schon zum Reden geöffneten Mund. Sie sagt:
- Dann ... Ihr Blick schweift ab und erfasst etwas in Richtung der gegeneinanderschlagenden Zäune. Sie starrt, als sehe sie dort etwas anderes.
- Marie, fragt Robert.

Sie lächelt, wendet sich ihm wieder zu, löst, während sie spricht, das Band aus ihrem Haar, streicht sich die Haare zurück, bindet sie wieder zusammen.

- Was dann passiert ist, habe ich auf eine Videokassette gespielt. In den Tagen danach wurde ich in eine Klinik eingewiesen. Die Ärztin sagte, ich solle die Augen schließen, mir vorstellen, dass ich in einem Raum vor einem Fernseher sitze. Während ich ihr laut erzählte, was passiert war, sollte ich die Bilder auf die imaginäre Kassette spielen. Nachdem ich sie bespielt hatte, schaute mich die Ärztin lange an und sagte kein Wort.

Der Wind hat sich gelegt, kein Laut mehr, nirgends.

Ob sie nicht wieder mehr in die Stadt hineinlaufen wollen, fragt Robert dann.
– Es ist so still, sagt Robert.
Sie nickt.

In einer Seitenstraße bleibt sie im Licht einer Laterne stehen. Sie beginnt weiterzusprechen, doch gleicht ihr Reden jetzt einem inneren Murmeln, wie ein Selbstgespräch.

Und am Tag danach, sagt sie, wie K. und sie am Tag danach durch den Regen gegangen seien, Hunderte von Tropfen, dass es so geregnet habe und er neben ihr gegangen sei, dass alles so trüb gewesen sei, und dass er da gesagt habe, gib Mädchen Kokain und sie machen alles, was du willst, und wie sie stumm weitergegangen sei, weil sie schon fortgegangen sei, und wie sie ihn später zum Bahnhof gebracht habe, vollkommen durchnässt, alles voller Tropfen, wie er dann gesagt habe, als er da in der Tür gestanden habe, vom ICE, dass sie nicht so traurig gucken solle, sie sei ja sein Kuscheltier. Wie sie dann zu ihren Freundinnen gefahren sei und wie die gefragt hätten, wie es gewesen sei, und sie habe gesagt, schön, schön sei es gewesen. Wie sie das Gefühl nicht loswurde, dass jemand sie verfolge, dass sie sich immerzu umgeblickt habe, umgeschaut habe, weil sie verfolgt werde, wie sie wochenlang nicht geschlafen habe,

wegen der Bilder, immer wieder der Geruch seines Schädels, der Geruch dieser zarten Haut an seinem Köpfchen, und tagsüber, wie sie dann nur dagelegen habe, wie sie monatelang nicht allein vor die Tür hätte gehen können, wie sie einmal abseits, allein spazieren gegangen sei und um sich geschrien habe, gebrüllt habe, wegen dieses Schattens, der sie ja dauernd verfolgt habe, und wie sie dann in die Luft geschlagen und um sich getreten habe, wie sie in die Luft geschlagen und um sich getreten und nichts getroffen habe, weil ja nichts da gewesen sei, weil sie allein gewesen sei, und wie dann die Medikamente Ruhe gebracht hätten, in der Klinik sei sie immer in die Wälder gegangen, und dort wieder mit den Stöcken auf alles drauf, gegen die Bäume, bis die Bäume …
– Marie, fragt Robert.

Marie schaut Robert an, sie schaut ihn an, als wisse sie erst jetzt wieder, wo sie sich befindet, dann blickt sie sich im Straßenraum um.
– Schau, wie der Vogel dort oben auf der Regenrinne sitzt und dann abhebt zum Flug, sagt sie.
Sie blickt Robert an, der dem Vogel hinterherschaut. Der Vogel fliegt mit ausgespannten Flügeln über ihre Köpfe davon.
– Oder schau, wie dieses Blatt Zeitung über die Straße rollt, sagt sie.
– Siehst du das Auto dort, fragt Robert, der Versuch des Autofahrers, aus der Parklücke herauszukommen, wie er rangiert, vor und zurück und wieder vor, in Millimetern, wie er dann am Lenkrad kurbelt, wieder nach hinten setzt, dann wieder nach vorne, wie er sich über das Lenkrad nach oben beugt, um zu sehen, wie viel Platz da noch ist, und wieder nach hinten, langsam, und jetzt, schau, jetzt fährt er davon.

Am Nachthimmel blinken die Lichter eines Flugzeugs. Das Flugzeug ist verschwunden, aber seine Motorengeräusche noch hörbar. Ein Mann geht vorbei, in den offenen Schnürsenkeln seines Schuhs hat sich Laub verfangen. Ein Auto hält vor einem Zebrastreifen. In der Wohnung im ersten Stock sind die Vorhänge zugezogen. Ein Mann versucht seine Zigarette anzuzünden, der Wind bläst das Feuer immer wieder aus. Über die Straße fliegt eine rosa Plastiktüte, sie verfängt sich im Gebüsch. In der Luft schwebt ein Schwarm Mücken, sichtbar im gelben Licht der Straßenlaterne. Eine Frau fährt mit einem E-Roller vorbei, mehrere Radfahrer folgen. Ein Taxi hält vor einem Wohnhaus, eine Frau steigt aus, sucht in der Tasche nach ihrem Schlüsselbund, öffnet dann die Tür.

– Komm, sagt Robert und legt ihr freundschaftlich einen Arm um die Schulter, wollen wir nach Hause?
Sie nickt.

Er zieht seinen Schlüssel aus der Hosentasche und öffnet die Haustür. Sie folgt ihm ins dunkle Treppenhaus.
– Ich weiß nicht, wann sie das Licht endlich reparieren.
Er holt sein Handy heraus und schaltet die Taschenlampe ein. Sie gehen die Stufen langsam und vorsichtig nach oben.

Später liegen sie angezogen nebeneinander auf der Matratze. Beide liegen auf dem Rücken, die Hände auf Bauchhöhe übereinandergelegt. Sie schauen an die weiße Zimmerdecke. Sie liegen lange schweigend.
– Und in der Klinik, fragt Robert, wobei er sich jetzt auf die Seite dreht, das Gesicht auf die gefalteten Hände gelegt.
– Im Handschuhfach von Ullis Range Rover war eine Pistole, antwortet Marie und dreht sich zu Robert auf die Seite. Wie er legt sie ihr Gesicht auf die gefalteten Hände.

Ulli war auch aus der Klinik. Sie zeigte sie uns, als wir auf dem Rückweg vom Zigarettenholen an der Tankstelle waren. Ulli sagte, jemand hätte sie mal blöd angemacht. Sie gab sie erst Lilli, weil Ulli in Lilli verliebt war. Lilli war meine Zimmernachbarin. Dann gab sie sie mir. Ich weiß noch, dass ich verwundert war, wie schwer so was ist. Das ist ja ein Gewicht, das man nicht kennt. Ulli fuhr dann auf ein abseits gelegenes Feld. Wir stiegen aus und sie machte Fotos von Lilli und mir mit ihrem Handy, wie wir vor dem Range Rover standen, mit dem Ding in der Hand. Ich weiß gar nicht, ob es eine richtige Pistole war oder nur eine, wo man so Luft rausschießt.

– Ich kenn mich damit auch nicht so aus, antwortet Robert und erwidert Maries Lächeln.

Sie zögert, setzt an, die Stimme gedämpft, als verrate sie ein Geheimnis.

– Ich wollte töten, ich habe es mir vorgestellt. Ulli fährt, Lilli auf dem Beifahrersitz und ich hinten auf der Rückbank. Ulli hält vor dem Haus. Die Sonne scheint und die Haustür von K. steht im schattenlosen Licht. Lilli steigt aus und klingelt und steigt wieder ein. Er kommt vor die Tür, er trägt Shorts, T-Shirt, Lederschlappen, er hält sich die Hand vor die Stirn. Ich mache das Fenster einen Spalt breit auf, er blinzelt. Dann ziele ich genau auf seine Stirn und drücke ab. Er kippt nach hinten, während Ulli anfährt. Und wenn wir dann auf die Autobahn fahren, liegt rotes Licht über der Stadt, wir reden nicht, mein Kopf lehnt an der Fensterscheibe und alles fließt an mir vorbei.

Sie lacht leise.

– Peng, flüstert Robert und streicht sich eine Strähne von der Stirn.

13.

Am Morgen liegen sie beieinander. Ihre Kleidung klebt am Körper vom Schlaf. Marie liegt mit dem Rücken zu Robert, Robert hat seine Hand auf Maries Oberkörper gelegt.
– Bleib noch, sagt Robert mit geschlossenen Augen.
Marie lächelt stumm, ohne die Augen zu öffnen.

Später steht Marie am letzten Treppenabsatz und schaut zurück in Roberts Stockwerk. Sie sieht ihn noch vom Geländer wegtreten und hört, wie seine Wohnungstür ins Schloss fällt.

Sie geht an einem Haus vorbei, davor ein Tisch mit zwei Plastikstühlen. Über den Zebrastreifen vor der Baustelle wechselt ein Mann die Straßenseite. Auf dem Gehweg sieht sie den Schatten eines Baumes. Ein Auto fährt vorbei. Aus der brüchigen Baumrinde schwärmen Ameisen aus. Eine Frau im zweiten Stock eines Mietshauses schlägt die Laken aus. Aus der Regenrinne fallen Tropfen die Hauswand hinab. Jemand tritt vor seinem Haus von einem Fuß auf den anderen. Im Hauseingang sitzt eine Frau und schaut, sie hat die Zeitung in ihrem Schoß gefaltet. An der Tramhaltestelle steht eine Person und hält Ausschau. Die Tram fährt am Ende der Straße um die Ecke. Die Person steigt ein, zwei andere aus. Eine liest im Gehen in einer Zeitung, auf der Titelseite steht: Vorübergehender Frieden. Auf dem Rasen im Park dreht sich ein Wassersprinkler im Halbkreis. Die Kinder rennen unter den Strahl. Marie bleibt eine Weile stehen, geht dann weiter, blickt sich noch einmal nach ihnen um. Ein Arbeiter kommt und stellt den Wasserzugang aus. Das Wasser perlt die Blätter eines Strauchs hinunter. Ein Vogel fliegt aus dem Busch an der Ecke. Die vertrockneten Köpfe eines Himbeerstrauchs neigen sich zum Rasen. Am Himmel kreuzen sich die Kondensstreifen zweier Flugzeuge. Auf einem Balkon hebt eine Person ihren Arm und zeigt mit dem Finger zum Himmel, eine andere Person schaut ihm nach. Ein Mann entfernt von der Jacke eines anderen Mannes eine Fliege. Eine Frau geht über den Gehweg, am Zebrastreifen bleibt sie stehen, dreht sich um, als rufe jemand ihren Namen, dann überquert sie die Straße. Zwei Kinder sitzen auf einer Parkbank, ein Kind flüstert dem anderen etwas ins Ohr. Im Asphalt ist ein Riss. Der Saum einer Markise flattert im Wind. Die Tram aus der Innenstadt hält an der Haltestelle. Menschen steigen aus, gehen paarweise oder einzeln in ihre Häuser. Niemand steigt ein. Ein Auto fährt die Straße hoch, wendet an der Kreuzung und fährt wieder zurück. Ein Baum wirft Schatten auf die gegenüberliegende Hauswand. Die Äste des Baums winden sich im aufkommenden Wind.

Am frühen Abend sitzen Marie und Sara am Seeufer und werfen Steine. Wenn der Stein ins Wasser gefallen ist, ist die Wasseroberfläche voller ringförmiger Wellen, die sich nach außen hin verlieren. Dann steht Marie auf, legt ihren Oberkörper zurück und den Kopf in den Nacken und schreit lautlos. Sara schaut sie lange an, wirft dann weiter Steine. Später gehen sie langsam am Ufer zurück zu ihren Fahrrädern.

Marie betritt wieder den gestaltlosen Raum, geht auf den Stuhl zu, setzt sich.

Sie sagt: Ich finde die Wörter nicht. Da ist dieser wiederkehrende Traum, K. erzählen zu wollen, was er getan hat, doch ich finde die Wörter nicht. Stattdessen mein stilles Um-mich-Schlagen, Treten, auch das.
K. schaut mich an, als sei ich verrückt geworden, und wendet sich ab.

Marie sagt, immer noch im gestaltlosen Raum auf diesem Stuhl:
Dieser sprach- und lautlose Zustand findet seinen Ursprung in eben dieser Nacht. Dort zeigte er sich mir zum ersten Mal. Hinter meinem verschlossenen Mund, in mir drin, als ich dalag, nur dalag.

Als hätten die Wörter ihren Körper verloren.

Dann steht Marie auf, rückt den Stuhl zurecht und verlässt den Raum.

Dass dieses Schreiben mir jetzt wie ein Herausmanövrieren aus diesem sumpfigen Gebiet erscheint. Sehe mich selbst in so einem Motocross-Car sitzen, stabile Federungen, große Reifen. Auf dem Racing-Sitz kurbele ich wild am Lenkrad, rechts, links.
Die Reifen stecken in meterhohem Schlamm. Ich rangiere bei niedrigem Antrieb, nur sanft steht mein Fuß auf dem Gaspedal. Dann das plötzliche, überraschende Gefühl, unter einem Reifen befindet sich sicherer Boden. Ich drücke das Gaspedal durch, der Motor knattert laut auf. Der plötzliche Druck geht durch meinen ganzen Körper, unter den Reifen jetzt festes Terrain und dann bin ich schon längst über alle Berge.

Die Stadt H. ist verschwunden.

Die Stadt H. ist verschwunden und vor meinem inneren Auge sehe ich bloß noch das Bett, die weißen Vorhänge, die Kommode. In der Stadt H. ist jetzt für immer Nacht. Tiefe Nacht im November, zwischen zwei und fünf Uhr morgens. Es spielt sich nur mehr das ab, was stattgefunden hat. So, als wäre ich in den Bildern dieser Nacht gefangen. Ich kann meine Augen nicht davon lösen.

Stelle ich die Wörter hierhin, wie zum Beispiel das Wort *Bistro* oder *Straße*, das Wort *Shops* oder *Kreuzung*, damit sich diese Stadt wieder weitet, sich Orte durch Straßenzüge, Hinterhofpfade und Parkwege wieder miteinander verbinden, schreibe ich die Wörter *See* und *Bibliothek*, bleiben die Wörter leer.

Sie füllen sich nicht mit den Bildern dieser Stadt H.

Ich schreibe das Wort
Bistro, das Wort
Straße,
Kreuzung,
Shops.
Ich schreibe das Wort
See,
das Wort
Bibliothek.

Es bleibt bloß eine Aneinanderreihung von Buchstaben auf einem weißen Blatt Papier.

Ich lege den Stift aus meiner Hand und gehe ein Stück.

Ich gehe ein Stück und komme durch einen sehr dichten Nebel und von irgendwoher, einem unbestimmten Punkt aus, höre ich eine Passantin sagen:
– Ich beginne meine Reise am Sonntag.
Ich gehe weiter und flüstere:
– Ich beginne meine Reise am Sonntag.

Mit diesem Satz weitet sich etwas in meinem Brustbereich, so, als würden die Wörter mich sanft nach vorne ziehen, auf etwas hindeuten, etwas Fernes in der Zukunft, einen unbekannten Ort, dorthin, wo es weich ist und warm.

Plötzlich lichtet sich der Nebel, nein, zuerst sehe ich das Licht der Sonne, Strahlen, ganz deutlich, im weißen Nebel, und erst dann lichtet er sich.

Ich schreibe:
Straße
Die Hauptstraße, auf der sich anfangs rechts und links die Läden reihen, die dann eine scharfe Linkskurve macht, erst durch das Industriegebiet mit seinen Tankstellen, Lagerhallen und Motels, dann später auf die Autobahn führt.

Ich schreibe:
Wald
Und da, der Weg durch den Wald, der direkt zum See hinführt, der sich schon die ganze Zeit als blauer Punkt in der Ferne gezeigt hat.

Ich umrunde Maries Haus, gehe an der Tür auf und ab, betaste mit der Handfläche das Gemäuer. Ich stehe und schaue auf die Straße, wo jetzt in beide Richtungen die Trams an mir vorbeifahren.

Dass die Wörter mir wie ein Balsam sein sollen, mich fortführen von den Bildern dieser Nacht, dorthin, wo sich in mir etwas weitet und damit die Bilder, die die Wörter bezeichnen, größer und voller werden. Dorthin, wo wieder etwas anderes möglich wird, zum Beispiel eine Liebesgeschichte.

14.

Sie träumt von fernen Gärten. Dort, bei den Balsambeeten, dem Granatapfelbaum, dort, wo der Weinstock blüht, steht Robert und pflückt Lilien. Er sagt:
– Komm und guck dir das an.

Am Morgen eilt Marie zum Bahnhofsgebäude. Sie drängt sich an den ihr Entgegenkommenden vorbei, die zum Ausgang strömen. Auf dem Bahnsteig steht sie zwischen anderen Wartenden und schaut zwischen der Anzeigetafel und der großen Uhr hin und her. Der Zug wird erst in zehn Minuten eintreffen. Sie geht bis ans Ende des Bahnsteigs, wo die Sonne schattenlos auf die Steinplatten scheint, kehrt aber dann aufgrund der hohen Temperaturen in den überbedachten Bereich zurück. Sie sieht den sich aus der Ferne nähernden Regio.

Die Schwestern winken schon wild hinter der noch geschlossenen Zugtür. Als diese sich dann öffnet, springen sie aus dem Zug, rennen auf sie zu.

Gegen Mittag gehen sie zu dritt, einander die Arme um die Schultern gelegt, die Hauptstraße entlang zu einer Eisdiele. Auf Höhe vom Café Romeo sieht sie Robert auf der anderen Straßenseite vorbeigehen und, noch bevor sie wieder wegschauen kann, seine sich hebende Hand zum Gruß. Sie geht, ohne den Gruß zu erwidern, mit den Schwestern an ihm vorbei, dreht sich aber noch nach ihm um. Ihre Blicke treffen sich.

– Da war Robert, sagt sie nach einigen Metern.
– Echt, fragt die eine Schwester, der?, und zeigt auf einen Vorbeigehenden.
– Oh Gott, nein, ist schon weg.

– Aber warum hast du denn nicht gegrüßt, fragt die andere Schwester.
– Weiß nicht, keine Lust.
– Ach, Marie, sagt die eine Schwester. Und jetzt?
– Wie, was jetzt, fragt sie.
– Geh doch noch hinterher, sagt die andere Schwester.
– Safe nicht.

Die Schwestern stehen an die Hauswand gelehnt und lecken an den Kugeln Eis. Sie steht vor ihnen und löffelt mit einem Plastikstäbchen in ihrem Eisbecher.

Als die Schwestern im Kiosk Zigaretten kaufen, greift sie nach ihrem iPhone.

hier der verspätete gruß: meine winkende hand.

Kurze Zeit später vibriert es in ihrer Hand.

:)

Am Abend liegen sie zu dritt auf dem Sofa, sie haben ein feuchtes Bettlaken vor das Fenster gehängt, wegen der Hitze. Ihre Beine sind übereinander und umeinander gelegt, die Köpfe haben sie auf der Schulter oder der Brust der anderen. Sie schauen immer wieder das gleiche Video an, in dem ein kleiner Junge auf einem Schaf reitet. Dann fängt das Schaf an zu bocken. Immer wenn der Junge hinunterfällt, lachen sie.

Nach einer Weile steht sie auf dem Balkon, zieht an ihrer Zigarette und schaut dabei zu den Schwestern, die immer noch über das Handy gebeugt lachen. Im Innenhof ist es heiß und leer.

15.

Am Morgen liegt sie in Unterhose auf dem holzigen Boden ihres Balkons. Die Schwestern sitzen an dem kleinen Tisch. Die eine hat die Haare über ihr Gesicht gelegt, untersucht sie nach Spliss in den Spitzen. Die andere Schwester zündet sich gerade eine Zigarette an, legt den Kopf in den Nacken, pustet den Rauch langsam aus, dann spricht sie:

– Wisst ihr noch, als wir Kinder waren, wir nach heißen Tagen schlafen gehen mussten und es noch hell war hinter den Gardinen?

– Nie habe ich da einschlafen können, sagt die Schwester hinter ihrem Haarvorhang.

– Fast jeden Abend haben wir dann nach der Mutter gerufen und sie hat nicht geantwortet, wisst ihr noch?

Die Schwester schnippt jetzt an der Zigarette und die Asche fällt langsam auf den Boden.

Und während die andere Schwester mit ihren Fingern durch das Haar geht, sagt sie:

– Und wie wir daraufhin aufgeregt in unseren Nachthemden aus den Betten gestiegen sind, saßen wir nicht eine Zeit lang am großen Fenster, haben hinausgeschaut, sodass wir sie sofort sehen könnten, wenn sie heimkäme? Und bist, Marie, du nicht als Erste auf die Straße gegangen, um dort weiter nach ihr zu suchen?

– Stimmt, sagt die Schwester aufgeregt. Wir fanden die Mutter fröhlich plaudernd bei der Nachbarin. Sie hat uns sehr überrascht angeschaut, wir haben uns dann neben sie auf die Bank gesetzt. Die Schwester zieht wieder an ihrer Zigarette.

– Es war schön da zu sitzen, ich dachte, ich wäre erwachsen, sagt die andere Schwester hinter ihrem Haarvorhang verborgen. Sie muss ein einzelnes Haar mit Spliss entdeckt haben, denn sie reißt es jetzt aus.

– Die Nachbarin hat mit der Mutter fast flüsternd geredet, sagt Marie leise.
– Und dann, als es schon fast ganz dunkel war, hat die Mutter gesagt: Jetzt aber mal los.
Die Schwester drückt die Zigarette im Aschenbecher aus.
– Und wieder im Bett, sagt Marie, hat die Mutter die Decken über uns gelegt.
– Ich bin immer erst dann eingeschlafen, wenn es hinter den Gardinen dunkel war, sagt die andere Schwester und wirft sich das lange Haar aus dem Gesicht über die Schultern, schaut zum Himmel und lacht.

Im Innenhof spielen Kinder, ihr Kreischen kommt bis auf den Balkon.

Gegen Mittag eilen sie durch die Bahnhofshalle auf der Suche nach dem richtigen Gleis. Als sie die Plattform betreten, fährt der Zug schon ein. Sie stehen zwischen den unruhig umherlaufenden Reisenden in einer festen Umarmung.
– Wir sehen uns bald wieder, ja, sagt Marie und löst sich von den Schwestern.
Sie geben ihr einen Kuss auf die Wange, sagen:
– Pass auf dich auf.

Die Schwestern stehen im Zug und winken, die Tür schließt sich langsam unter lautem Piepen.

Am Nachmittag steht sie unter der Dusche, fängt das Wasser in der hohlen Hand. Dann klingelt es an der Tür. Sie greift nach dem Handtuch, wirft es um den Körper, ohne sich abzutrocknen. Im Flur hinterlässt sie kleine Pfützen aus Wasser. Sie hält sich das Telefon der Gegensprechanlage ans Ohr. Sie hängt den Hörer wieder an das Gestell der

Anlage und schleicht zurück ins Bad, darauf bedacht, nicht auszurutschen. Die nackten Füße machen leise Geräusche beim Auftreten. In der Dusche wäscht sie sich das Shampoo aus dem Haar.

Sie steht vor der Tür der Nachbarin und klingelt.
Die Nachbarin öffnet und fragt, wie es ihr gehe.
– Gut, sagt sie dann. Ich wollte nur fragen, ob es vorhin auch bei dir geklingelt hat?
– Ja, sagt die Nachbarin lachend, es waren Kinder, ich habe sie um die nächste Ecke huschen sehen.
Sie nickt.

Oder so:
Dass die Wörter mich hinführen zu diesem fernen Ort.

Ich schreibe:
Habe mich auf eine Reise begeben.

16.
Sie verlässt das Haus, geht eilig in Richtung Café Romeo. Ihre Augen sind zusammengekniffen: Der Himmel ist bewölkt, das blendende Licht fällt ohne Schatten. Jetzt macht sie plötzlich eine Kehrtwende, geht in die Richtung, aus der sie gekommen ist. Nach drei Metern dreht sie wieder um und setzt ihren ursprünglichen Weg fort.

Eine Frau kommt ihr entgegen, mit erhobenem Kopf und festen Schritten. Sie dreht sich nach der Frau um, versucht ihren Gang bis zur Ampel zu imitieren.

An der großen Kreuzung wartet sie auf Grün. Die Autos biegen von der Hauptstraße ab, fahren in langen Reihen Richtung Autobahn. Ein Stück Plastik an der Bordsteinkante, das im Fahrtwind unruhig flattert.

In der Ferne sieht sie Roberts Haus, das pastellrosafarbene. Sie schaut, als sei sie unschlüssig, ob sie ihren eigentlichen Weg fortsetzen soll. Dann, bei Grün, überquert sie die Straße und biegt in die Seitenstraße ab, die sich von dem pastellrosa Haus entfernt. Sie folgt der Straße, die sie stadtauswärts führt.

Sie geht über Brachflächen. Einmal schaut sie direkt in die Sonne, da muss sie blinzeln. Bei den Schienen bleibt sie lange stehen, zählt drei Züge zum Bahnhof hin, vier, die verschwinden. Als sie zurück zur Hauptstraße geht, sieht sie eine Katze durch das hohe Gras streifen. Sie hockt sich ins Gras, wie ein Kind es manchmal tut, und versucht die Katze
– Miez, miez
anzulocken. Die Katze schaut auf, schleicht gemächlich auf sie zu, geht aber dann doch durch das hohe Gras davon.

In der Wohnung trinkt sie, mit der Hand auf die Ablage gestützt, gierig ein Glas Wasser leer. Auf dem Küchentisch vibriert das iPhone.

sehen wir uns heute?

Ihre Hand liegt bewegungslos auf der Arbeitsplatte. Hinter dem geschlossenen Fenster bewegen sich langsam die Wolken.

bin zu Hause, magst du vorbeikommen?

Später steht sie vor dem Haus in der Dunkelheit, kurz regungslos: Von irgendwoher hört sie Leute lachen. Während sie sich über ihr Fahrrad beugt, um es aufzuschließen, sieht sie auf der gegenüberliegenden Straßenseite den Schatten vorbeihuschen. Der Fahrtwind weht ihr das offene Haar aus dem Gesicht, kurz schließt sie die Augen und atmet aus.

Als sie vor Roberts Haus ihr Fahrrad gegen einen Baumstamm lehnt, um es anzuschließen, kippt es ihr lautstark um.

Sie tritt in den Hauseingang, legt ihren Finger auf die Klingel, drückt sie nicht. Sie bleibt eine Weile reglos so stehen. Dann geht sie wieder zu ihrem Fahrrad. Sie nimmt den Schlüssel und hält ihn kurz in der geöffneten Handfläche, geht wieder zurück zur Haustür, legt ihren Finger auf die Klingel.
– Ich kann nicht, sagt sie und schüttelt sich.

Sie legt ihren Kopf gegen die Haustür. Bleibt eine Weile reglos.
– Bei drei, sagt sie. Eins.

Plötzlich wird die Tür ruckartig von innen geöffnet. Jemand tritt aus dem dunklen Hausflur nach draußen, fragt:
– Alles gut?
– Ja, antwortet sie. Mit der FlipFlop-Spitze hält sie die Tür an der Schwelle fußbreit geöffnet. Sie klingelt.
– Ja, kommt es aus der Gegensprechanlage.
– Ich bin's.
Es summt.

Sie sieht ihn an der Schwelle zu seiner Wohnung stehen. Sein Gesicht ist sanft. Sie steht noch etwas von ihm entfernt auf der letzten Treppenstufe, geht dann weiter auf ihn zu. Sie tritt näher an ihn heran. Die Haut an seinem Hals ist warm und weich.

Dann weicht Robert einen Schritt zurück.

– Schau dir das an, sagt Robert und geht freudig in sein Zimmer. Mein Nachbar hat seine Kakteen für den Urlaub hiergelassen, aber die eine macht mir Sorgen.
Er zeigt in die Ecke neben der Tür. Auf einem selbst gezimmerten Regal steht eine einzige Pflanze. Robert tippt vorsichtig auf das grüne Fleisch.
– Die fault, sagt er.
– Shit, sagt Marie. Vielleicht hast du zu viel gegossen?
– Meinst du, fragt er, oder ich stelle sie auf das Fensterbrett, dann hat sie mehr Licht, sagt er und durchquert schon das Zimmer mit dem Kaktus im Arm.
Sie steht dicht neben ihm und schaut, wie er die Pflanze im Sonnenlicht dreht.
– So, fragt er sie.
Sie nickt.
– Und die, fragt Marie und zeigt auf eine kleinere mit zarten Blättern.

– Eine sehr junge Yuccapalme, sagt Robert. Er streicht über ihre langen, dünnen Blätter, fisselt sie zurecht, betastet die Erde. Die braucht unbedingt Wasser, sagt er und eilt in die Küche.

Sie schaut auf. An der Wand hängen mehrere Hemden auf Kleiderbügeln hintereinander. Sie geht zu dem Schreibtisch neben der Tür. Unmengen an Blättern, auch zerknüllte, die in einer sehr kleinen, kaum leserlichen Schrift vollgeschrieben sind. An der Wand über dem Schreibtisch mehrere Post-its, darunter: *Die Heiligkeit des Leids/Über das Potenzial des Proletariats.*

Marie steht kurz regungslos in dem fremden Zimmer. Dann setzt sie sich auf die Matratze, greift nach dem obersten Buch auf einem Stapel neben dem Kopfende. Sie liest: *Theorie des Films*. Robert kommt ins Zimmer mit einem wassergefüllten Marmeladenglas in der Hand, sie beobachtet, wie er die Yuccapalme vorsichtig gießt. Sanft fisselt er durch ihre Blätter. Ihre Blicke treffen sich im Raum.
Daraufhin schaut sie auf ihre Hände, in denen das Buch liegt, sie schlägt die markierte Seite auf.
– Hier am Rand hast du ja alles vollgeschrieben, sagt Marie.
– Jaja, sagt Robert, aber das kann, glaube ich, niemand lesen.
– Straßenszene, Doppelpunkt, liest Marie vor. Von überall her, ... herum? Was steht hier?
Robert setzt sich neben sie auf den Matratzenrand, er beugt sich zu ihr.
– Kreuzen.
Ihre Knie berühren sich.
– Von überall her, liest Marie weiter, kreuzen Figuren und Gestalten das Bild, ein ständiges Auf- und Abtauchen von möglichen Geschichten. Ich betrachte alles gedankenlos,

male mir nichts aus, sondern fühle den … Ist das ein B? … B – Blues?

– Zeig mal.

Ihre Köpfe sind dicht nebeneinander über das Buch gebeugt.

– Das ist ein F… Fluss, sagt Robert.

Marie verbirgt ein Lachen zwischen ihren Mundwinkeln.

– Du lachst ja, sagt Robert ohne aufzuschauen.

Sie richtet sich auf, ihre Blicke treffen sich, das Lachen bricht aus ihrem Mund hervor.

– Ja, sagt sie, dann schaut sie wieder in das Buch.

– Ich betrachte alles gedankenlos, male mir nichts aus, sondern fühle den Fluss des Lebens, liest sie laut vor und klappt das Buch zu.

– Was hältst du von Musik?

– Ja, sagt Robert.

Sie springt auf.

– Dahinten ist mein Laptop.

Bei YouTube gibt sie *Simarik* von Tarkan ein.

Roberts leises Lachen bei den ersten Takten. Er steht auf, schaut sie neugierig an. Sie hat die Hände hinterm Rücken ineinandergelegt und nickt mit dem Kopf leicht zur Musik, jetzt auch seine Bewegungen des Kopfes. Sie stehen da, die Augen ineinander, mit sanft kreisenden Köpfen. Sie schnalzt den Kussmund, ihre Blicke fallen beschämt zu Boden, er lacht, sie auch.

– Und hier, fragt Marie und zeigt auf einen Fotostreifen an der Wand.

– Hier wollte ich mich zeigen, sagt Robert und schmunzelt. Wie ich auf dem ersten Bild meine Stirn nach vorne beuge, dass ich wütend aussehe, und auf den letzten beiden

Bildern meine Brauen zusammenziehe, dass ich verzweifelt wirke. Ich fühlte mich damals wirklich so, sagt er. Aber die Bilder zeigen, finde ich, nur eine peinliche Pose. Ich dachte damals, es muss vor ungefähr einem Jahr gewesen sein, mein Leben hätte für die Zukunft bloß zwei Richtungen, entweder würde ich Intellektueller oder Verbrecher werden können.
– Und was für einer, fragt Marie.
– Ich wäre vielleicht ein Dieb geworden.
– Was würdest du klauen?
– Letztens habe ich eine Tiefkühllasagne bei Aldi geklaut.
– Ja?
– Sie war nicht so schlecht, wie man meint.

Später, in der Nacht, liegt sein Körper neben ihrem auf der Matratze. Sie geht mit ihrem Finger über die glatte Haut die Wirbelsäule nach unten, dreht Biegungen entlang der Hüften. Folgt dem Strich in der Kniekehle, Wadenmuskeln, dem Knöchel am Fuß, Furchen in der geöffneten Hand. Malt Marie sie nach, geht die Hand weiter auseinander, verschwinden die Furchen, wandeln sich zu Linien.

Noch später zuckt der Körper neben ihr zum Schlaf.
Sie legt sich auf den Rücken. Lichter von draußen hinterlassen schattige Muster auf der Zimmerdecke.
– Marie, fragt Robert leise und schwer. Ob sie schon schlafe.
– Nein, sie schlafe noch nicht.

Nach einer Pause flüstert Robert, ob sie nicht morgen losfahren wollten. Mit einem Auto. Und gerieten sie an Kreuzungen, würde mal sie zeigen, wo es langgeht, dann wieder er. Sie würden so fahren, immer abwechselnd. Auf dem Schaltknauf lägen ihre Hände. Übereinander, verflochten, sagt Robert. Manchmal würden sie Smalltalk machen, mit unbekannten Leuten, sie äßen auf Parkplätzen im Auto und leckten sich die fettigen Finger ab, es würde dunkel werden, flackernde Lichter, dann wieder hell, sie würden fahren, fahren.

In der Nacht träumt sie von einem Rosengarten am Meer. Die Schwestern und sie sitzen auf einer Wiese. Sie tragen Kleider, die denen von Prinzessinnen ähneln: Sie haben ein Korsett an, ihre Haare sind hochgesteckt, ihre Röcke bilden Kreise aus seidenem Stoff. Vor ihnen das Meer und neben ihnen blühen Tausende von Rosen. Plötzlich dringen fremde Männer ein und beginnen sie zu jagen. Sie rennen davon, hinunter zur Treppe, die aus hellem Sandstein ist und an deren Ende ein kleines Ruderboot im Meer schaukelt. Als sie und eine ihrer Schwestern schon im Boot sitzen, wird die andere von einem der Männer gefangen. Aus ihrem Dekolleté zieht sie ein kleines, spitzes Messer, mit dem sie ihm ins Auge sticht. Die beiden Schwestern ziehen die andere Schwester zu sich ins Boot und fahren dann langsam hinaus aufs Meer, wo jetzt die Sonne orangengleich am Himmel steht.

17.

Am Morgen ist neben ihr im Bett die andere Seite leer, das Laken zurückgeworfen. Aus der Küche hört sie klapperndes Geschirr. Im Vorraum die Stimme einer Radiosprecherin. Sie sagt: *Tröstung* und räuspert sich.

– »Das blasse
beschädigte Herz
wird aufgenommen
und in die frühe Sonne gelegt
auf den Brustfedern
kleiner Vö- «
– Willst du Kaffee?, ruft Robert.
– Gern, ruft sie zurück.
– »Tränenkrusten
weggeschwemmt sind
Und das Herz
Schwer wird von Süße
wie eine gezuckerte Frucht.
Dann wird es eingepflanzt
Wie Saatkorn aus Gräbern
In die schmerzende Furche
Und die Wunde wird mit dem Speichel
Sanfter Küsse verheilt.
Und das Korn
Totes Glück
schlägt Wurzeln und keimt.
Alle Adern schmecken danach
bis meine Fingerspitzen«
– Hier, er hält ihr eine Tasse hin.
Sie richtet sich auf.

– Das war unser Gedicht zum Montagmorgen, vor den Nachrichten noch Bobby Bare mit *500 Miles Away from Home.*

Sie läuft die Stufen im Treppenhaus eilig nach unten. Sie schaut am unteren Treppenabsatz zu seinem Stockwerk hoch. Sieht ihn noch, wie er sich gerade abwendet, um zurück in seine Wohnung zu gehen. Sie hört die Tür ins Schloss fallen.

Am Nachmittag, als sie durch die volle Fußgängerzone auf dem Weg zur Ärztin ist, ruft die Mutter an. Bei der Frage der Mutter, wie es ihr gehe, fängt sie an zu weinen. Während sie auf den Bus wartet, sieht sie eine Person die Fußgängerzone entlangtaumeln, sich an einer Fassade abstützen. Im Bus bilden sich aufgrund der defekten Klimaanlage Schweißperlen, die ihre Beine runterlaufen. Am frühen Abend trägt sie die heiße Schale mit dem Abendessen auf den Balkon. Als sie ihr aus der Hand rutscht, geht sie sofort zu Bruch.

Später am Abend, als sie aufgebracht von einem Zimmer zum nächsten läuft, um den Schlüssel zu suchen, bleibt sie plötzlich vor dem Spiegel stehen, um zu sehen, wen sie da vor sich hat. Sie lacht nicht, ihr Gesicht ist verbissen, als befände sie sich jetzt kurz vor dem Gegenangriff.

Draußen sind schon die Straßenlaternen an. Während sie an den stillliegenden Häuserreihen vorbeiläuft, verfolgt sie der Schatten. Hinter ihrem Rücken huscht er von Lichtkegel zu Lichtkegel. Immer dann, wenn sie sich über die Schulter nach ihm umdreht, versucht er sich hinter einem Laternenpfahl zu verstecken. Der Schatten ist jedes Mal ein wenig zu spät und ein Rest ist noch zu sehen. Ruckartig dreht sie sich nach ihm um, hebt ihre Hand zum Gruß. Der Schatten bleibt erschrocken stehen, schaut um sich, unsicher, ob auch wirklich er gemeint ist.

Dann sitzt sie mit Sara im Außenbereich einer Bar. Die wenig befahrene Seitenstraße ist von hochgewachsenen Birken gesäumt. Sie rührt mit einem kleinen Löffel in der Tasse des schon ausgetrunkenen Kaffees herum. Sie starrt dabei auf einen Punkt hinter dieser Tasse, so als wisse sie nichts von ihren Bewegungen.
– Marie, fragt Sara, die ihr gegenübersitzt und sie schon länger beobachtet haben muss.
Sie schaut Sara kurz irritiert an, nimmt das Feuerzeug, das neben der Tasse liegt, und klopft damit auf die Tischplatte. Nach einer Weile sagt sie:
– Weißt du, ich dachte immer, so ist die Liebe: Dass ich ja dieses Bild im Kopf habe, von einem bewaffneten Mann, meinetwegen mit einem Schwert. Und dieser Mann steht vor einem Platz, einem abgesperrten Platz, kreisrund. Dieser Platz ist die Liebe, sagt sie.
Sara lacht leise, indem sie Luft ausatmet.

Und sie selbst stehe in einem rosafarbenen Seidenkleid davor, vollkommen unbewaffnet, auch klein, sehr klein, und frage den Mann nach Einlass, sie wolle ihn lieben. Um ihn lieben zu können, müsse sie in diesen Kreis, aber der Mann bestimme ja, ob sie hineinkomme oder nicht, und daher sei sie bereit alles zu geben, um in diesen Kreis hineinzukommen, sie sei bisher bereit gewesen, so viel zu geben und sich auch verletzten und beschimpfen zu lassen, nur um in diesen Kreis zu gelangen.
Der Wind geht leise durch das Blätterdach.
– Was wirst du jetzt machen, fragt Sara.
Beide schauen sich kurz in die Augen, dann lächelt sie und zuckt mit den Schultern.

Als sie nach Hause geht, ist die Luft schwül und der dunkle Himmel voller Wolken. Die Wolken schichten sich an ihren

Rändern, schimmern in dem dunklen Nachthimmel orange, wegen der Lichter all dieser Laternen. Ein vorbeifahrendes Polizeiauto färbt die Straße kurz blau. Sie geht schneller. Als sie die Straßenseite wechselt, stolpert sie über den Gehwegrand.

In der Wohnung schaltet sie sofort alle Lampen und auch den Fernseher ein. Es läuft ein Western. Die zwei unruhig auf der Stelle trippelnden Pferde werden von zwei Männern geritten, die sich in brüchiger Stimme über etwas beraten. Dann Nahaufnahme auf die tiefbraunen Augen des einen Pferds, dann die sich aufblähenden Nüstern, die Pferde im Galopp. Draußen regnet es. Als sie die Balkontür öffnet, das Tropfen des Regens mit den langen Tönen der Ziehharmonika.

Später im Bett hört sie aus dem Hausflur Türen ins Schloss fallen, jemanden die Treppenstufen hochgehen. Sie liegt dort so, als wisse sie, jemand wird sie holen. Nach einer Weile steht sie auf, stellt einen Stuhl an die Tür, holt das Küchenmesser aus der Schublade und setzt sich mit dem Messer in der Hand an die Tür. Sie bleibt eine halbe Stunde dort sitzen. Als niemand kommt, stellt sie den Stuhl wieder ins Wohnzimmer, das Messer legt sie zurück in die Küche.

18.

Am frühen Morgen schwimmt sie mit schnellen Zügen fort vom Ufer. Die Sonne steht schon halb hoch am Himmel, immer wieder muss sie die Augen schließen wegen dieser Helligkeit. Für kurze Zeit legt sie sich auf die Wasseroberfläche. Am Himmel sind einzelne Wolken, sonst Blau. Erst als sie zurück in Richtung der Birken schwimmt, werden die Züge langsamer.

Am Strand sitzt Sara, in ein Buch vertieft. Sie schaut kurz auf.

– Wie ist das Wasser?

– Erfrischend, antwortet sie und zieht ihr Handtuch aus dem Schatten in die Sonne.

Sie liegt auf dem Rücken und hat ihre Augen geschlossen. Beine und Arme leicht von sich gestreckt. Von der Kälte des Wassers ist die Haut gerötet. Mit dem Wind das leise Rauschen der Birken und ihre Gänsehaut. Sie spricht mit geschlossenen Augen:

– Meine Eltern sind mit uns in den Ferien nur an Seen gefahren, nie ans Meer, und auch jetzt noch laden sie uns hin und wieder ein, mit ihnen zu kommen. Ich glaube, sie hatten Angst vor diesen sich aufbäumenden und dann heftig brechenden Wellen, so als würden wir im Spiel mit ihnen, ganz plötzlich, hineingezogen werden und nicht mehr wiederkommen.

– Es gibt ja auch das ruhige Meer, antwortet Sara.

– Ja, aber da sind wir nie hin. Keine Ahnung, warum.

Sie öffnet ein Auge und schaut Sara an, die im Schneidersitz mit krummem Rücken über das Buch gebeugt ist.

– Jedenfalls, fährt sie fort, erinnere ich mich jetzt öfters: Wie meine Mutter mit dem Handtuch, weißt du, so aufgespannt ihrer Armlänge nach; wie sie auf mich gewartet hat, als ich nass vom Baden auf sie zugelaufen bin. Und ich saß dann da mit dem Handtuch um die Schultern und alles war warm und schwer, auch sehr weich.

Sara schaut von ihrem Buch auf, hinaus auf den See, ein stilles Lächeln, bei dem sich der Mund kaum merklich rührt.

Sie muss wohl eingeschlafen sein. Als sie sich aufrichtet, entdeckt sie Sara mittig im See. Sie schwimmt in sicheren und schnellen Zügen auf die Seerosen am rechten Ufer zu. Wie sich ihr Kopf in regelmäßigen Abständen hebt und wieder senkt. Sara taucht und ist eine Weile unter der glatten, die Wolken spiegelnden Seeoberfläche verschwunden. Jetzt krault sie ein Stück schief durch die Fläche und ist dann plötzlich mitten in den Seerosengewächsen. Sara schwimmt von Seerose zu Seerose, den rosa- und gelbfarbenen, um daran zu riechen. Sara schaut um sich, sie schwimmt weiter auf einen Baum zu, der mit der Mehrzahl seiner Äste im Wasser hängt. Sie versucht sich aus dem Wasser zu heben, wobei sie an der feuchten Rinde mit ihren Beinen immer wieder abrutscht. Jetzt rutschen auch ihre Hände ab und sie fällt ins Wasser, stützt sich, nachdem sie aufgetaucht ist, sofort wieder an der Rinde ab und versucht es erneut. Es gelingt ihr. Sie balanciert langsam und vorsichtig über den Baumstumpf zu dem Teil des Stamms, von dem aus sich die Äste gabeln. Da sitzt Sara jetzt im Sonnenlicht und planscht mit den Beinen im Wasser. Dann springt sie im Köpper wieder in den See hinein, schwimmt weiter in kräftigen Zügen, als hätte sie unglaublich viel zu entdecken.

Später geht Sara durch die flachen Ausläufer dem Ufer entgegen, Seewasser perlt von ihrem Körper ab.

Noch später sitzen beide auf der Steinmauer neben der Bushaltestelle. Aus dem Stück Wiese ihnen gegenüber hören sie das leise Zirpen der Grillen.

– Und wie ist es jetzt, wie stellst du dir das mit der Liebe vor, fragt Sara.

Sara hat sich das lange Haar über die Schulter gelegt, streicht es glatt, zwirbelt es zu einem Zopf. Beide schauen geradeaus auf die Straße, von wo aus kein Laut zu hören ist.

– Oder vielleicht so: Ich gehe barfuß über eine Wiese und irgendwo, weit weg, in der Ferne ist jemand und diese Anwesenheit ... Es gefällt mir halt, dass ich weiß, dass da jemand ist.

– Und redet ihr auch miteinander?

– Wir sind doch viel zu weit entfernt. Manchmal machen wir vielleicht ein paar Witze.

Und nach einer Pause fragt sie:

– Und du?

– Ich, fragt Sara und lacht. Ich würde noch nicht mal laufen.

– Was dann?

– Da halt liegen, sehr dicht, wenn du weißt, was ich meine.

Sara schüttelt ihr Haar und lacht laut auf.

Im leeren Bus setzen sie sich in die hinteren Reihen. Sie wippen wegen der Unebenheiten im Asphalt sachte auf und ab, während sie auf dem iPhone wieder das Video mit der Stute schauen.

Wie das Pferd jetzt die hundert Meter am Zaun auf und ab rennt, der erhobene Kopf, der im Zugwind nach hinten wehende Schweif. Dann bleibt die Stute kurz stehen, schnell heben und senken sich die Flanken. Sie prustet laut auf, die Nüstern von innen zartrosa. Daraufhin beginnt sie wieder zu rennen, als suche sie. Im Hintergrund stehen die anderen Pferde, grasend und ruhig.

Sara schaltet das Display aus, sie schauen schweigend aus dem Fenster.

Im letzten Sonnenlicht schlendern die Leute auf den Gehwegen.

19.
Sie folgt der Straße stadteinwärts. Ihre Schritte sind fest, sie wirft den Haustürschlüssel hoch, fängt ihn wieder auf, wirft ihn hoch, fängt ihn wieder auf. Weiter unten, als sie die noch grüne Ampel sieht, beginnt sie zu rennen. Auch auf der anderen Straßenseite läuft sie noch einige Meter weiter. Sie geht mit dem linken Arm ausgestreckt und lässt ihren Zeigefinger am Putz der Häuser entlanglaufen. Ihr Gesicht ist erwartungsvoll, auf den Lippen zuckt unbemerkt ein Lächeln.
Aus der Ferne ruft sie:
– Hallo.
Robert sitzt rauchend an der Bordsteinkante vor seinem Haus und steht erleichtert auf.
– Ich wusste nicht, ob du kommst.

Sie stehen sich im Abstand von einem Meter gegenüber und schauen sich an. Zwar steht ihr Körper ruhig, und doch ist es, als würde er pendeln, unsicher darüber, sich abzuwenden oder zu bleiben.
Dann tritt sie näher an Robert heran, nimmt seine linke Hand in ihre rechte, streicht mit ihren Fingern über seine. Die Finger sind lang und schön, hier am Zeigefinger eine kleine Narbe. Sie schaut zu ihm, er lächelt, sie greift seine Hand beherzt, schüttelt sie:
– Guten Tag, sagt sie.
– Guten Tag, sagt er und schaut verwundert.

Sie setzen sich in Bewegung, ihr Gehen ist jetzt ein Schlendern. Als hätten sie, da sie nun beieinander sind, unglaublich viel Zeit. Nachdem sie das Café Romeo hinter sich gelassen haben, bleibt Robert mitten auf dem Gehweg stehen, wendet sich ihr zu, sagt:

– Gestern Abend habe ich wahllos nach einem Buch gegriffen und bin so zufällig auf Philemon und Baucis gestoßen.
Sie schaut ihn von der Seite her an:
– Philemon und Baucis?
– Sie leben in einem kleinen Haus, sagt Robert, aus Halmen und Schilf. Sie sind die Ärmsten im Dorf und schon sehr alt.
Er schaut sie fragend an, ob sie verstünde.
Sie nickt.
– Ich hatte sofort ihr Leben vor Augen, sagt Robert, den Tag über arbeiten sie langsam und ruhig an ihrem Haus, abends massiert Philemon Baucis die Füße und morgens kommt Philemon schwer aus dem Bett, dann streichelt Baucis Philemon zärtlich, bis er wach wird, so in etwa.
Robert bleibt kurz stehen und schaut auf einen unbestimmten Punkt in der Ferne. Er dreht an seinem Ohrring.

Die Autos reihen sich in den Feierabendverkehr.

– An einem Tag, fährt Robert fort und geht weiter, kommen zwei Götter als Menschen verkleidet gebückt durch ihre niedrige Tür herein. Baucis eilt sofort zur Feuerstelle, um das Haus zu wärmen. Sie betten die Fremden, dass sie sich ausruhen können, und bereiten eine große Mahlzeit vor. Philemon und Baucis holen alles, was sie haben.

Sie gehen an Obst- und Gemüseständen vorbei, vor denen sich die Einkaufenden drängen, das Obst betasten nach seiner Reife. Hier ist so viel los, dass sie ausscheren müssen.

– Rettich, Käse, ruft er, ein Stück Schwein, Pflaumen, Datteln, Äpfel, Trauben und Feigen, ich glaub auch Feigen.
An einer roten Ampel kommen sie wieder zusammen.

– Wein, seine Stimme ist jetzt wieder ruhiger, außerdem Wein. Und weil der sich immer wieder nachfüllt, erkennen Philemon und Baucis, dass es Götter sind und weichen erschrocken zurück.

Die Ampel schaltet auf Grün und sie gehen weiter, an der Bahnhaltestelle kommen ihnen jetzt so viele Menschen entgegen, dass sie sich hintereinanderdrängen.

Robert dreht sich zu ihr um:

– Und sie folgen dann, auf ihre Stöcke gestützt, den Göttern auf einen Berg.

Er dreht sich kurz wieder nach vorn, dreht sich wieder zu ihr zurück:

– Das muss unglaublich lang gedauert haben.

Sie suchen sich Schutz in einem Hauseingang.

– Weil nur Philemon und Baucis so gastfreundlich waren, fluten die Götter das Land. Er schaut kurz zu ihr, dreht seinen Ohrring, sagt, die Götter hatten die Menschen nämlich testen wollen.

Als sich die Tür, vor der sie stehen, öffnet und ein Mann versucht einen Kinderwagen an ihnen vorbeizuschieben, gehen sie weiter.

– Als die Flut verschwunden ist, alles fort ist, außer einem Tempel aus Gold, dort, wo vorher ihre kleine Hütte gestanden hatte, fragen die Götter nach ihrem Wunsch, und Philemon und Baucis sagen, dass sie einander nicht beerdigen wollen.

Nach einer kurzen Pause fragt Marie:

– Und dann?

– Es vergehen Jahre, Philemon und Baucis arbeiten gemeinsam am Tempel. Sie leben wie früher weiter in ihrem Haus, nur, dass sie jetzt mehr beten. Hier lacht Robert leise. Und dann, sagt er, an einem Tag stehen sie vor den Stufen zum Tempel. Sie sind in ein Gespräch vertieft, und ganz plötzlich wandeln sie sich zu zwei Bäumen, sagt Robert.

Robert bleibt plötzlich stehen und schaut sie an.
– So nebeneinanderzustehen, sagt er, also nebeneinander … das finde ich irgendwie, irgendwie schön.

Sie kommt näher, sie steht jetzt dicht neben Robert. Eine Passantin rennt an ihnen vorbei, rempelt Marie aus Versehen an, die ihr Gleichgewicht verliert und leicht gegen Robert fällt.

Sie folgen weiter der Straße.
– Ich fürchte mich vor dir, sagt Marie.
Er schaut sanft:
– Manchmal kann ich das sehen.

In der Nacht träume ich von Robert. Er geht auf mich zu, kommt dabei aber doch nicht von der Stelle, vielleicht ähnlich wie bei einem Laufband. Ich kann auch bloß die groben Umrisse seiner Gestalt sehen, es ist so ein sehr dichter Morgennebel. Im Hintergrund höre ich das leise Schlagen der Wellen. Wir sind wohl am Strand, denke ich und schaue auf meine sandigen Füße.
– Ich liebe das Meer, ruft er aus der Ferne.
Da will ich auf ihn zugehen, aber auch ich komme nicht von der Stelle.
– Am liebsten, ruft er weiter, am liebsten mag ich Menschen mit einer reflektierten Oberflächlichkeit.
Die Wellen sind an dieser Stelle unglaublich laut geworden, sodass ich nicht nachfragen konnte, was er damit sagen will.

Ich schreibe:
Am frühen Abend steht Robert auf einer Plattform in einem weißen Raum, er steht wohl auf einer Drehscheibe, denn er dreht sich langsam um seine eigene Achse. Die Augen sind wach und offen, als wundere er sich über etwas. Als wun-

dere er sich über etwas in der Ferne, wie er bloß dasteht und schaut.

Sie gehen langsam die Straße entlang, vorbei an den Obst- und Gemüseständen, Cafés. Auf der Höhe von Robert niest ein kleiner Hund, der von einer Person mit Cowboy-Hut die Straße entlanggeführt wird. Nach ein paar Metern sagt Robert:

– Wenn ein Hund niest, finde ich, sieht er aus wie ein Mensch. Wie wenn ältere Menschen niesen und dann kurz aussehen wie Kinder, sie sind dann so auf ihren Körper zurückgeworfen, kurz ganz verletzlich und sehr lieb. Wenn etwas niest, sagt Robert, ein Lebewesen, sind sich alle irgendwie unglaublich ähnlich.

Sie wechseln, rechts, links schauend, die Straßenseite. Zwischen den Häuserreihen zeigt sich gebannt das untergehende Licht. Ich bleibe stehen, sehe, wie sie sich immer weiter entfernen. Hin und wieder ihr Kichern, sich zueinanderneigende Köpfe.

20.
Am späten Vormittag geht durch die Kiefern ein starker Wind. Sie sieht Roberts gefaltete Hände vor seinen nackten, angewinkelten Knien.

Das Badetuch, auf dem sie nebeneinandersitzen, flattert an seinen Rändern. Im Wasser schwimmen zwei Kinder um eine neongelbe Luftmatratze. Ein Kind hat es geschafft sich hochzuziehen, umklammert die Matratze panisch lachend mit Armen und Beinen. Das andere Kind taucht angriffslustig unter.

Ein Spalt dünnes Licht trennt ihre Körper voneinander. Nackte, spitze Knie.

Sie neigt sich leicht, kaum sichtbar, zu ihm hinüber, als wolle sie ihn berühren, berührt werden, doch als wisse sie nicht, wie.
Die Kinder kreischen.

– Komm, sagt Robert und steht schon auf.

Sie geht langsam über die heißen Steine. Als sie im Wasser steht, die Arme vor der Brust verschränkt, ist ihr Körper in sich zusammengezogen. Unter ihrem Bauch wellt sich der Wasserrand.
– Kalt, sagt sie.

Robert springt in den See hinein, taucht auf.
– Komm, sagt er, komm, und schüttelt sein nasses Haar.

Sie springt ins Wasser, treibt durch eine blaue Stille, lässt sich an die Oberfläche gleiten und nimmt sofort Luft. Robert, schon mittig im See, lässt sich auf dem Rücken treiben. Sie schwimmt ihm in schnellen Zügen hinterher und atmet dabei laut.

Er schwimmt jetzt auf sie zu, der Mund ist unter Wasser, die Augen glasklar über der Oberfläche. In den Wimpern ein Tropfen See. Kurz bevor sich die Gesichter berühren, strahlen ihre Augen auf, Marie lacht.

Sie taucht unter, schwimmt in langen, konzentrierten Zügen durch das samtige, verschwommene Blau. Dann zieht sie die Luft mit offenem Mund und weiten Augen. Sie blickt sich nach Robert um, sieht ihn noch, kurz bevor sich sein Kopf senkt: Seine Beine stehen jetzt senkrecht in der Luft. Von irgendwoher kreischen die Kinder.

Sie liegt am Strand auf dem Rücken, Arme und Beine weit von sich gestreckt, die Augen geschlossen, kurz reglos und schwer. Später legt Marie Robert heiße Steine die Wirbelsäule entlang, während er schläft. Noch später, als beide nebeneinander auf dem Rücken liegen, sind ihre Finger miteinander verflochten im schmalen Spalt zwischen den Körpern. Dann sitzen sie und kämpfen mit den Zeitungsblättern im aufkommenden Wind.

Am Nachmittag sammeln sich über dem See graue Wolken. Plötzlich hat es aufgehört zu glitzern, die Steine sind grau. Die Luft dreht sich, sie pfeift, die Kiefernkronen beginnen sich sachte zu biegen, ihr Holz knarzt. Ein Schatten hat sich über den See gelegt.
Die Leute packen eiligst ihre Sachen. Am westlichen Ufer wird die neongelbe Luftmatratze auf den See geweht, der Schwan, der bisher ruhig auf dem See geschaukelt hat, fliegt auf. Weiter hinten rennen Badende in Richtung der Parkplätze. Robert und Marie hocken nah, halten ihre Unter-

arme nebeneinander, erforschen gegenseitig ihre Gänsehaut, bemessen den Unterschied.
– Meinst du, die Sonne kommt noch mal, fragt Robert dann.
– Vielleicht, sagt Marie.
– Was denkst du, wo hinter den Wolken?
– Siehst du den Schwan am rechten Uferrand, an dieser Stelle gehst du mit deinen Augen die Baumstämme ab, und genau da, wo der Gipfel in den Himmel zeigt, da müsste sie eigentlich …
– Niemals, sagt Robert, niemals, viel eher da, wo das Schilf beginnt und von dort aus immer weiter nach oben?
– Was? Marie lacht.

Jetzt fallen einzelne Tropfen auf ihre Knöchel, Brust und Knie. Als der Regen stärker wird, legen sie sich das Badetuch um die Schultern. Der See ist voller sich weitender Kreise. Im Schilf am anderen Ufer ist ein neongelber Fleck, der schwankt im dunklen Wasser auf und ab. Hinter ihnen tropft das Blätterdach. Es regnet so stark, dass die Seeoberfläche gebrochen ist vom Dunst der vielen grauen Tropfen.
– Ping, Ping, Ping, kommt es leise von Marie.
– Milliarden pro Sekunde, antwortet Robert.

Nach einer Weile hört der Regen auf und sie schauen vorsichtig unter dem Badetuch hervor in den Himmel. Über dem rechten Kiefernrand aus den Wolken ein geballter Schein Licht, der auf eine Stelle im See trifft.
– Komm, ruft Marie und rennt schon ins Wasser.
Er läuft hinterher, ein Aufschrei:
– Algen.

Der See ist jetzt schwarz. Ihre Körper verschwinden kurz unter der Oberfläche in der trüben Dunkelheit, die endlos zu sein scheint.

– Kannst du noch den Boden berühren, ruft Robert.
Marie schüttelt angestrengt den Kopf. Beide strampeln mehr, als dass sie schwimmen. Sie taucht kurz unter, dann aber sofort wieder auf.
– Wir müssen dicht beieinander..., eine Welle schlägt Marie ins Gesicht.

Später, als die Sonne hinter den Kiefern verschwunden ist, steht sie, das Handtuch um die Schultern gelegt, mit Blick zum See. Wie ein Körper liegt das silberne Wasser jetzt, gelöst, einzelne Wellen noch, die leise ans Ufer treten. Ihre Augen verweilen still.

Dann dreht sie sich zu Robert um, ihre Blicke treffen sich, bleiben ineinander, jemand blinzelt, sie lachen. Robert wirft den Stein in seiner Hand, er fliegt in hohem Bogen.

Marie steht vor der Matratze und löst das Band aus ihrem Haar, lässt es auf den Boden fallen. Sie liegt angekleidet neben Robert auf dem Rücken, der Blick klebt an der Zimmerdecke. Er liegt neben ihr auf der Seite, den Kopf abgestützt in der zur Schale geöffneten Hand. Er beginnt vorsichtig, mit den Fingerspitzen seiner linken Hand über ihren Handrücken zu wandern. Sie schließt die Augen.

Als Robert schläft, zieht sie sich liegend die Hose aus, legt sie ans Ende der Matratze. Sie dreht sich auf die Seite mit dem Rücken zu ihm, ein Bein angewinkelt, den Kopf auf die Hände gelegt.

21.

An Roberts linkem Handgelenk sieht Marie ihr Haarband, das er wie ein Schmuckstück trägt. Er räumt gerade die Frühstücksteller auf die Küchenzeile. Sie hat zwei Kaffeetassen in den Händen und hält kurz inne. Wie er mit dem Haarband an dem Handgelenk jetzt die Teller spült.

Vor dem Haus steht die Hitze wie eine Wand. Marie schirmt die Augen mit ihrer Handfläche ab. Auf der Straße ist niemand zu sehen. Nur hinten bei der Kreuzung sieht sie jemanden im Schatten an die Hauswand gelehnt.
– Es ist zu heiß, sagt Robert, der in der offenen Haustür stehen geblieben ist.
Marie zeigt mit dem Finger auf die andere Straßenseite, die Schattenseite. Sie warten zwei Autos ab, dann überqueren sie hastig die Fahrbahn. Auf dem Gehweg gehen sie, zwischen ihren Körpern noch ein Spalt, in Richtung Park. Im Schatten ist es kühler, ihre Körper sind jetzt beweglicher. Marie nimmt für einige Schritte Roberts Hand, sie lassen beide gleichzeitig los. Durch den Lärm einer vorbeifahrenden Straßenbahn ruft sie:
– Wie seltsam das ist.

In einem Hauseingang sitzen zwei Alte tief über ein Backgammon-Brett gebeugt. Einer zieht den Stein, der andere überlegt stumm.

– Ich liebe Spiele, sagt sie.
– Wie kommst du darauf, fragt Robert.
– Die Spieler im Hauseingang?
– Gar nicht gesehen.

Marie schaut ihn von der Seite her an, kurz kann sie nicht Schritt halten. Dann biegen sie rechts in eine Straße ein.

Im Erdgeschoss steht ein Mann im Fensterrahmen und hält seine Zigarette zwischen Daumen und Zeigefinger stumm auf Bauchhöhe. Sie gehen weiter.

Durch die Hofeinfahrt sieht Marie eine behängte Wäscheleine auf einer quadratischen Grünfläche. Von irgendwoher sind die Geräusche eines Tischtennisspiels zu hören.

Ping Pong
Ping Pong

Zuerst hört Marie lächelnd zu, dann hält sie plötzlich einen Schläger aus Luft in der Hand und versucht konzentriert den unsichtbaren Ball zu treffen, immer dann, wenn aus der Ferne das Pong zu hören ist. Robert nimmt den anderen Schläger, bei Ping zieht er seine Hand mit dem unsichtbaren Schläger nach vorne.

Sie stehen jetzt einander gegenüber und spielen sich den Ball zu. Dann, als die fernen Töne verstummen, gehen sie weiter.

Auf der Wiese im Park, im Halbschatten der Bäume, sind vereinzelt oder in Gruppen Menschen. Hier ist es ruhig. Bei der Hitze ist das Sprechen der Leute ein Flüstern. Nur einmal, als sie schon weiterlaufen, ist unglaublich lautes Lachen zu hören.

Mittig im Gras liegt jemand und schläft. Sein Kopf ist zur Seite gefallen, die Brust hebt und senkt sich langsam. Die Hände hat er über dem Bauch gefaltet. Die Jeanshose und die locker nach außen gefallenen Füße liegen in der Sonne.

– Siehst du den, der da schläft, fragt Marie.

– Da hinten ist noch jemand, sagt Robert. Wie er sich so auf die Seite gelegt hat, ganz eingerollt, und auch er hält sich selbst, mit den Armen von Ellbogen zu Ellbogen. Beginnt mal eine Person in der Öffentlichkeit zu schlafen, fangen andere auch gleich damit an. Irgendwie ein schönes Einverständnis unter Unbekannten, findest du nicht?
– Voll, antwortet sie. Da, siehst du sie da? Die, die auf dem Bauch liegt mit den gespreizten Beinen, den Kopf auf den verschränkten Armen abgelegt, und auch schläft?
– Neben ihr, das Kind im Kinderwagen, fragt Robert. Auch sein Kopf ist schwer zur Seite gefallen.
– Schläfst du denn auch manchmal an öffentlichen Orten, fragt Marie.

Robert setzt sich auf eine der Bänke vor den Sträuchern im Schatten.

– Ist das die Bank, auf die du dich anfangs setzen wolltest, fragt Marie.
– Ja, sagt Robert und lacht.
– Ich mag so diesen Blick in den Park hinein, sagt Marie.

Robert sitzt auf der Kante. Die Hände links und rechts seiner Hüfte abgestützt, den Oberkörper leicht nach vorne gebeugt, schaut er an einen unbestimmten Punkt. Sie sitzt weiter hinten, einen Arm auf der Lehne, den anderen im Schoß.

– Am häufigsten habe ich bestimmt an Stränden geschlafen, beantwortet Robert jetzt die Frage. Tagsüber, meine ich, sagt er und dreht sich zu ihr um, lächelt sie kurz an und wendet sich dann, um weitersprechen zu können, wieder nach vorn.

Er träume auch oft vom Meer. Ob es da einen Zusammenhang gäbe, frage er sich manchmal. Einmal sei er durch einen unendlichen, blauen Ozean geschwommen, mit einem Kescher aus Neonorange. Doch der Kescher habe ein Loch gehabt, all das, was er versucht habe zu sammeln, sei durch das Netz hindurch langsam nach unten gesunken. Ein Seeigel sei dabei gewesen, ein Seepferdchen und komischerweise auch seine Yuccapalme.

Ein anderes Mal sei er wieder weit hinausgeschwommen, lange getaucht und ohne Mühe, auch ohne Hilfsmittel jeglicher Art, und er habe sich bloß den Sand am Meeresboden angeschaut, der in kleinen regelmäßigen Falten dalag.

Auch habe er geträumt, wie er durch hohe Wellen geschwommen sei und schließlich Zuflucht gefunden habe auf der Spitze eines Felsens, steinig und klein. Einmal habe er nur dagestanden, vor den Wellen, am Ufer im Sand, und das Meer habe sich dann langsam, aber stetig zurückgezogen, immer mehr, wie bei Ebbe. Und allerlei habe sich dann gezeigt, weit hinten, unerreichbar, habe er seine Yuccapalme wiederentdeckt.

– Und du, fragt Robert dann Marie, hast du auch mal draußen geschlafen.
– Ich erinnere mich nicht gut, sagt sie. Bestimmt mal.

Sie laufen quer über die Wiesen des Parks, weiter quer über den Parkplatz bei Aldi. In der großen Fensterscheibe vor dem Laden sieht Marie sich gespiegelt dicht neben Robert gehen.

– Siehst du da, die Dealer, die im Schatten vom Haus in Grüppchen zusammenstehen und rauchen, wie jetzt einer von ihnen ausschwärmt und jemandem flüsternd etwas anbietet, fragt Robert.

– Wie er dabei ins Licht tritt und sofort geblendet wird, sagt Marie.

Sie gehen an ihnen vorbei und einer löst sich aus dem Kreis, tritt an sie heran. Der Unbekannte fragt, aber sie lehnen, ohne stehen zu bleiben, dankend ab.

Weiter hinten in einer Hauseinfahrt Müll: übervolle Container, eine durchgelegene, befleckte Matratze, Autoreifen.

Ein Polizeiauto hält. Die Dealer laufen routiniert auseinander.

An einem Imbiss sitzen im Außenbereich Menschen, die sich in ihren Stühlen zurückgelehnt haben, vor ihnen auf dem Tisch liegt zusammengeknülltes Papier, liegen halb abgenagte Hähnchenknochen, Pommes verstreut, auch auf dem Fußboden.

– Ich mag es, hier neben dir zu gehen und einfach bloß zu schauen. Doch schäme ich mich auch etwas ... es wäre sicherlich unschuldiger, im Park die Bäume zu bestaunen. In der Stadt und besonders hier ist ja dieses Beobachten auch immer mit der Frage verbunden: Wer schaut wen an, sagt Robert.
– Sehe ich etwas Schönes, ich meine, erblicke ich es ... dann ist es mir sofort ein Trost. Ich werde dann ganz weich. Nur dort, wo es so zart an mir rührt, kann ich richtig hinsehen. Das ist mir ein sicherer Ort, von dem aus ich die Welt betrachten kann.

Nach einer Pause fährt Marie fort:
– Jetzt, wenn ich mit dir hier so spaziere und ich nicht wie sonst immer nur schnell ankommen will, von einem Punkt zum anderen, kommt es mir vor, als sehe ich die Stadt zum ersten Mal.

Am Gemüsestand greift eine Frau nach einer Orange, eine zweite löst sich vom Stapel und fällt auf die Straße, rollt den Bürgersteig hinunter, kommt im Rinnsal zwischen Kugeln aus altem Papier, Plastiktüten und Zigarettenkippen zum Liegen.

– Hast du die Orange gesehen, fragt Marie. Ich habe gleich alle fallen sehen. Wie sich plötzlich die ganze Kiste der Orangen löst, sie fallen auf den Bürgersteig, fallen auf die Straße und rollen.

Ihnen läuft eine Frau entgegen. Sie folgt einem Mann, im Abstand von ein paar Metern. Er macht Schnalzgeräusche, als würde er sie locken. Er lockt sie in einen Hauseingang, da öffnet sie die Hand vor ihm, als empfange sie eine Gabe. Der Mann legt etwas hinein, sie lässt es eilig in ihre Tasche gleiten.

Marie starrt auf die Frau, dann löst sie ihren Blick und trifft auf den von Robert. Der jetzt in diesem Augenblick erschrocken zurückschaut.

– Und siehst du, fragt Robert sofort, daneben das Ladenschild? *Süßigkeiten*, steht darauf? Und wie sich da drunter im Schaufenster die Torten türmen, eine größer als die andere?

– Wo, fragt sie und lächelt mechanisch, sie folgt mit ihrem Blick seinem Zeigefinger.

– Hier, sagt Robert.

Aber Marie geht schon weiter.

Hier an dieser Stelle habe ich sie verloren, sie haben sich mir nicht mehr gezeigt. Hier, direkt beim Hauseingang.

Die Stadt H. jedoch zeigt sich mir noch, kulissenhaft. Und ich gehe die Straßen ab, klopfe auf die Hauswände, die, wie ich erschrocken feststelle, aus Pappmaché sind und nicht sonderlich stabil. Ein paar Tage gehe ich durch diese Stadt, in der Hoffnung, mit dem Erscheinen von Marie würde sich die Pappe zur Mauer wandeln, das Wasser würde wieder zu fließen beginnen und die Passantïnnen, Vögel und Verkehrsmittel jeglicher Art kämen wieder in Bewegung.

Doch es rührt sich nichts.
Selbst als ich meine Augen schließe, fest, wie ein Kind sie schließt, um sich etwas zu wünschen.
Aber da ist nichts.

Ich lege mich also unter einen Baum. Einen Baum mit Plastikblättern und einer aus Pappe geformten Rinde, und schlafe ein.

Ich träume:
Marie in einem riesengroßen, leeren Saal. Sie bewegt sich mittig auf einer Tanzfläche aus Parkett. Ihre Hüften kreisen langsam, ihre Füße schleifen auf dem Boden, sie dreht sich um die eigene Achse. Sie führt die Hände überm Kopf zusammen, bewegt ihn gesenkt von Seite zu Seite, dreht sich, verändert ihre Position, beginnt jetzt mit einem langsam fließenden Moonwalk.

Die Musik, zu der sie sich bewegt, bleibt mir fern, ich sehe sie in vollkommener Stille.
Die Scheinwerfer wechseln von Blau zu Gelb zu Rot.

Und dann plötzlich springt Marie in eine komplizierte Schrittabfolge.
this is the rhythm of the night.
Marie lacht. *the night, oh yeah.*

Dann sieht sie mich, winkt mir zu.
this is the rhythm of my life.
Sie singt: *my life, oh yeah.*
Ich will aufstehen, zu ihr gehen.
Die Bässe setzen ein.

Dann wache ich auf und meine, von irgendwoher Musik zu hören. Die schnell hintereinander gespielten hohen und tiefen Töne eines Saxofons, schmerzvoll und klar.

Und da sehe ich sie beide:

Robert steht in seinem Zimmer vor der Musikanlage und sucht auf seinem iPhone nach dem nächsten Song.
Marie sitzt auf dem Sessel am Fenster und schaut hinaus.
– So als hätten wir zwei Paar gemeinsame Augen.
Das Klavier setzt ein.

Klimm Klimm.

– Meinst du, wenn wir uns gegenseitig auf die Dinge hinweisen?
Robert macht Tanzschritte auf den Dielen.
– Ja, und dabei durch die Straßen gehen.

Das Lied ist zu Ende. Robert, der noch weiter Tanzschritte macht, als wäre die Musik nicht verstummt. Das Schleifen seiner Schritte auf den Dielen.
Sie reicht ihm ihre Hand.
– Komm.

Sie liegen im Bett im dunklen Raum. Mit dem Laken sind Teile ihres nackten Körpers bedeckt. Sie schaut an die Zimmerdecke.

Robert, seinen Kopf in der Hand abgestützt, knetet mit zwei Fingern ihren Unterarm. Sie bewegt sich nicht, als spüre sie nichts. Er winkt dann vor ihrem Gesichtsfeld.
– Marie, sagt er.

Das Zimmer wird von zwei Scheinwerfern kurz hell erleuchtet. Sie schaut ihn erschrocken an, er rückt sofort von ihr ab.

– Dass Autos in der Nacht überhaupt fahren dürfen. Ihr Licht ist ja eine Belästigung. Mitten in der Nacht ist plötzlich alles sichtbar und furchtbar blendend, sagt Marie.
– Marie, fragt Robert.
– Ich fühle mich so durchgebrochen.
– Aber hattest du denn keine Lust, fragt Robert, jetzt aufrecht im Bett sitzend, am äußeren Matratzenrand.
– Ich fühlte mich wie so ein Geist, der verschwinden wollte, aber es hat mich festgehalten, in der Lust. Die war wie ein Schmerz.
Ihre Stimme ist kalt. Sie schaut ihn an.
Dann versöhnlicher:
– Es schmerzte mich mehr, dir sagen zu müssen, dass ich nicht wollte, als einfach mit dir zu schlafen.

Als sie in sein schockiertes Gesicht schaut, fängt sie an zu lachen. Lacht, wie in einer Art Krampf.

– Was hast du für ein Bild von mir, fragt Robert.
– Was? Marie lacht noch.
– Du musst ja ein Bild von mir haben, dass du meine Reaktion darauf fürchtest, wenn du nein sagst.
– Deine Reaktion fürchte ich überhaupt nicht. An manchen Tagen, wenn zum Beispiel so etwas Warmes in mir hochsteigt, wenn ich dich anschaue. Sie lacht laut auf. Dann,

sagt sie, während ihr das Lachen noch im Körper steckt, möchte ich dir jeden Wunsch von den Augen lesen, damit du bei mir bleibst.
Sie kann sich nicht mehr halten vor Lachen.

Die sich in der Angel bewegende Tür vom Luftzug im Raum. Das gekippte Fenster. Die Maserungen, diese kleinen Risse in der weißen Wand, Löcher, wo einmal Nägel drin waren. An seinem Hals der schlagende Puls. Die Fliege an der Glühbirne. Ihr Summen.

Dann hört sie abrupt auf zu lachen, steht auf und zieht sich an.
– Komm, sagt sie leise, wir gehen noch mal raus.

Die Luft ist unerwartet kühl. Beide stehen vor der Haustür, Marie schaut Robert an, der in die Ferne schaut, sein Gesicht ist blass, die Augenbrauen zusammengezogen. Mit dem Blick zu Robert ist Maries Gesicht weicher geworden, der Krampf in ihren Gesichtszügen hat sich in dem Augenblick gelegt.

– Wir müssen uns jetzt prügeln, sagt Marie zu Robert.
– Nein, wieso? Er schaut überrascht zu ihr.
– Nur so, antwortet Marie.

Robert stellt sich ihr gegenüber auf und streckt seine Hände nach vorne aus. Sie greift nach seinen Händen und drückt mit ihrem Körpergewicht dagegen. Zunächst bewegen sie sich kaum von der Stelle, dann bringt sie ihn aus dem Gleichgewicht und er wird von ihr drei Schritte nach hinten gedrückt, er aber drückt dagegen, wodurch sie jetzt gezwungen ist, selbst drei Schritte nach hinten zu gehen. Dann lässt sie ab und beginnt, ihn in die Seite zu treten, daraufhin greift er nach ihrem Bein, sie hüpft jetzt auf dem anderen, versucht, sich durch Sprünge und Windungen um die eigene Körperachse aus dem Griff zu befreien, sie versucht ihn mit ihren Händen zu treffen, er weicht gekonnt aus.

– Ist alles okay bei euch?
Neben ihnen an der Straße hat ein Taxi gehalten und der Fahrer fragt aus dem offenen Fenster.
– Ja, sagen beide gleichzeitig.
Der Taxifahrer fährt seine Scheibe wieder hoch, Marie sieht ihn noch kopfschüttelnd weiterfahren.

Später legt Marie Robert einen Arm auf den Rücken und er legt einen Arm um ihre Hüften. Sie bewegen sich langsam und schwer. Ein Auto fährt vorbei, die Scheinwerfer blenden sie kurz. Am Himmel ist ein Flugzeug mit seinen blinkenden Lichtern. An der Haltestelle steht jemand und kratzt sich am Kopf. Eine Plastiktüte wird vom Wind die Straße nach oben geweht. Eine Person tritt aus dem Haus und geht die Straße nach unten. In der Baumkrone zwei Vögel. Ihre Schritte auf dem Asphalt. Im Park geht die Sprinkleranlage an. Der Wasserstrahl dreht sich im Kreis. Eine Taube landet auf dem Gehweg. Jemand überquert die leere Straße. Die Straßenlaternen gehen aus. Die Sonne scheint jetzt wärmend auf den Asphalt.

– Immer wenn ich langsam gehe, werde ich traurig, sagt Marie.

22.

– Ich öffnete also das Fenster, sagt er, und du weißt, die Vögel am Morgen …, dass dich bloß nichts wecken sollte, vielleicht so, als sei ich der Hüter deines Schlafs, sagt Robert und trinkt den letzten Schluck Kaffee aus der Tasse, stellt sie auf den Küchentisch.

– Aber hast du denn gar nicht geschlafen, fragt sie und fährt mit der Fingerspitze über die Tischplatte.

– Kaum.

Marie schiebt ihren Stuhl zurück, Robert schaut zu ihr auf, sie tritt an ihn heran, streicht mit ihrer Handfläche über seinen Kopf. Er schließt die Augen.

Am Nachmittag steht Marie vor der Haustür zu ihrem Wohnhaus und tastet ihre Kleidung nach dem Schlüssel ab. Dann sucht sie in ihrer Handtasche, findet ihn nicht, betastet dann noch mal ihren Körper und findet ihn schließlich doch in der Tasche, ganz unten.

Im Treppenhaus trifft sie auf die Nachbarin, die gerade mit einem Karton voller Altpapier aus ihrer Wohnungstür tritt. Die Nachbarin fragt, ob alles in Ordnung sei, sie habe sie schon seit ein paar Tagen nicht mehr gesehen. Marie erwidert, sie habe jetzt jemanden kennengelernt und sei verliebt.

– Ach so, sagt die Nachbarin und zieht die Augenbrauen hoch. Na dann, sagt die Nachbarin und lächelt.

– Ja, sagt Marie und geht die Treppenstufen weiter nach oben.

In ihrer Wohnung steht die Hitze der letzten Tage, sie öffnet gleich alle Fenster und die Tür zum Balkon.

Sie steht eine Weile regungslos an der Brüstung zum Innenhof. Dann lässt sie Speichelfäden langsam aus ihrem Mund

nach unten tropfen. Sie sieht sie fallen, wie sie auf den Boden treffen.
Dann löst sie ihr Haar aus dem Haarband, schüttelt es über dem Kopf aus und bindet es wieder zusammen.
– Komm, sagt sie zu sich selbst.

Marie steht jetzt im Schlafzimmer und räumt die Kleidung aus der Kommode. Das ausgeräumte Möbelstück schiebt sie, den Rücken dagegengestemmt, aus dem Schlafzimmer zur Wohnungstür. An der Türschwelle klemmt die Kommode an der Fußleiste, als sie sie anhebt, öffnet sich eine der Schubladen, die sich im Türrahmen verhakt. Sie versucht durch gewaltvolles Drücken die Kommode über die Schwelle zu bringen. Als Marie zu schwitzen beginnt, gibt sie auf. Indem sie die Kommode vorne leicht anhebt und diese durch vorsichtige, langsame Bewegungen durch den Türrahmen schiebt, gelingt es ihr.

Sie schaut in ihr Schlafzimmer hinein: Auf dem Fußboden liegen ihre Kleider in einem wilden Durcheinander. Sie zieht die Matratze aus dem Gestell und stellt sie gegen die Wand.

Sie steht vor der Matratze in Kampfposition und beginnt Schattenboxen zu spielen. Rechts, links, rechts mit den Fäusten, dann kickt sie gegen die Matratze, die sich dann von der Wand löst und auf Marie fällt. Sie wiederholt den Vorgang, bis sie an die Wand gelehnt schwer atmet.

Später sitzt Marie auf dem Fußboden und dreht die einzelnen Schrauben mit einem Schraubenzieher sorgsam aus dem Bettgestell. Im Raum ist es jetzt sehr still. Nur die Geräusche des vorsichtigen Herausdrehens, der Ton, wenn die Schraube auf den Fußboden gelegt wird. Die einzelnen Hölzer stellt sie vor die Wohnungstür. Aus dem Keller holt sie leere Gemüsekisten und sortiert ihre Kleidung hinein. Die Matratze legt sie auf den Boden.

Als sie fertig ist, ruft Marie
– Hallo, in den Raum hinein.
Sie hört jemanden antworten.

– All diese Möbel sind ja zu Zeuginnen geworden.
Sie hat einen Fuß auf die Kante der Badewanne gestellt und schneidet sich die Nägel.
– Sie haben alles gesehen und ich habe diese Möbel gesehen. Und wenn ich jetzt hallo in diesen Raum hinein sage, ist meine Stimme verändert.
– Und wie, wie ist die Stimme, fragt Sara.
Das Telefon ist auf Lautsprecher gestellt und liegt neben ihr auf dem Waschbecken.
– Weiß noch nicht so genau, sagt Marie.
– Sehen wir uns morgen, fragt Sara.
– Ja, sagt Marie, wie war denn überhaupt dein Urlaub?
– Schön, erzähle ich dann. Ach, ich muss auflegen, sagt Sara, da ist jemand in der anderen Leitung.

Sie schneidet den Nagel am kleinen Zeh, aus dem iPhone ist nur mehr das Tuten zu hören.

In der Nacht geht Marie mit Robert und K. spazieren. Sie geht zwischen ihnen. Den Kopf gesenkt, starrt sie auf die speckigen Pflastersteine. Dann bleiben sie stehen. Sie streicht mit einem Finger über Roberts Wange. Dann geht er fort, durch eine Gasse, hellerleuchtet. Sie schaut K. an, sie wartet, an eine Hauswand gelehnt, bis er die Türe öffnet. Das Schloss klemmt. Im Treppenhaus ist das Licht kaputt.

Das mit Winnicott ist reiner Zufall:

Ich sehe ihn mittig auf der Hauptstraße auf die Tram warten. Ich trete vorsichtig an ihn heran.
– Mister Winnicott, frage ich ihn noch immer ungläubig.
– Yes? Er schreckt auf.

Winnicott und ich gehen spazieren. Wir gehen durch einen weit angelegten Park. Es ist ein angenehmes Sommerwetter, die Sonne scheint, es ist nicht zu heiß und nicht zu kalt. Rechts und links von uns Platanen.

– Mister Winnicott, vielen Dank, dass Sie sich für mich die Zeit genommen haben.
Wir schütteln uns die Hände. Er lächelt höflich und nickt. Aus der Innentasche seines Sakkos holt er ein silbernes Zigarettenetui und steckt sich eine zwischen die Lippen.
– Do you have a lighter, fragt er mich.
– Sure, sage ich, hole aus meiner Handtasche ein kleines rosa Feuerzeug und halte ihm die Flamme hin.

Ich habe meine Hände am unteren Rücken zusammengelegt, Winnicott hält die Zigarette auf Brusthöhe. Wir gehen unglaublich langsam, konzentriert.

– Mister Winnicott ...
– You can also call me Donald, und lächelt mich mit seinen dünnen Lippen verschmitzt an.
– Mister Winnicott, Sie schreiben, die Angst vor Verrücktheit sei eine besondere Form der Verrücktheit, bei der die Patient*innen das dauernde Gefühl haben, kurz vor einem Zusammenbruch zu stehen.
– Vollkommen richtig, Miss, sagt er und pafft an seiner Zigarette. In unserer Klinik konnten manche unserer Patien-

tïnnen die Fähigkeit erwerben, diese Angst zu tolerieren und zu benennen. Wir konnten herausfinden, dass die Angst, bald zusammenzubrechen, eigentlich auf die Angst vor der Wiederkehr eines schon geschehenen Ereignisses zurückzuführen ist.

Ich nicke langsam mit dem Kopf.

– Schauen Sie, es gab ein ursprüngliches Ereignis, dieses Ereignis war eins von heftigster Bedrohung, jenseits aller Beschreibungen, verstehen Sie? Bei diesem Ereignis hätte man eigentlich verrückt werden sollen, man wurde es aber nicht, man konnte es nicht.

Er bleibt stehen, holt erneut sein Zigarettenetui aus dem Sakko:

– Eigentlich rauche ich gar nicht so viel – dürfte ich noch mal das Feuer, sagt er mit der Zigarette zwischen den Lippen.

Ich halte ihm die offene Flamme hin.

– Dieses Gefühl eines möglichen Zusammenbruchs jedoch, fährt Winnicott fort, ist im Körper geblieben und hat die Umrisse dieses ursprünglichen Ereignisses in sich aufgenommen. Fürchten sich jetzt unsere Patientïnnen in der Gegenwart vor einem kommenden Zusammenbruch, dann hat dieser Zusammenbruch die Gestalt von damals, ohne dass die Patientïnnen sich an das ursprüngliche Ereignis erinnern könnten.

Er lächelt mich mit seinen dünnen Lippen an und drückt die Zigarette an einem grünen Mülleimer aus.

– Um fortzufahren: Wo waren wir? Ach ja: Doch unsere Patientïnnen, das ist etwas sehr Tragisches, sie fürchten sich nicht nur vor dem Zusammenbruch, sie flirten mit ihm, fliehen vor ihm, spielen damit. Sie erhoffen sich dadurch Heilung.

Er schaut mich jetzt plötzlich sehr ernst an, bleibt stehen:

– Sie hoffen, ein Erleben des Zusammenbruchs würde sie von ihrer ständigen Angst befreien können, doch gleichzeitig fürchten sie nichts mehr als das, verstehen Sie?
– Ja, sage ich zögernd. Aber Mister Winnicott, gibt es denn gar keinen Ausweg?
Er lächelt:
– Wissen Sie, Miss, würden die Patientïnnen erfahren, dass ihnen das Schlimmste bereits geschehen ist, dass der Zusammenbruch, den sie fürchten, mit Spuren eines Ereignisses gefüllt ist, das bereits stattgefunden hat, dann könnte die Schärfe der Angst gemindert werden.
– Verstehe, sage ich leise.
– Oh, Winnicott schaut auf seine Uhr, die letzte Tram muss ich unbedingt erwischen, Miss, ich muss heute noch zu einem Kongress in London.
– Verstehe, sage ich.
Winnicott eilt schon los, dann dreht er sich noch mal um.
– Auf Wiedersehen, Miss ... äh ..., dann zückt er seinen Hut, und sagen Sie Ihrer Freundin, dass es vorbei ist.
Ich nicke höflich lächelnd.
– Dass es vorbeeeeiiiii ist, ruft er noch, dann ist er hinter der nächsten Hausecke verschwunden.

Und als ich allein in Richtung Hauptstraße zurückgehe, zieht sich mein Herz zusammen, wird eng wie eine Walnuss, so klein, dass es schmerzt.

23.

Am Nachmittag kommt Sara das Treppenhaus zu ihr hoch, sieht die Holzbretter vor der Tür und sagt:
– Da hast du aber viel sortiert.

Aus dem Innenhof kommt arabische Musik, sie sitzen bis auf Unterhose und Unterhemd entkleidet auf dem Balkon. Zwischen ihnen ein kleiner Haufen Perlen. Sara, deren langes Haar ihr über die Schulter fällt, die in der einen Hand einen dünnen schwarzen Faden hält und mit der freien Handfläche über die Perlen fährt, auf der Suche nach dem passenden Stück.

Sara nimmt eine kleine, gelbe Holzperle, leckt am Fadenende, um es dann durch die Öffnung zu ziehen. Die Perle fällt den Faden entlang, zu den anderen, die bunt und ohne erkennbare Ordnung aneinanderliegen.

Immer wenn Marie die Perle auf die Schnur schiebt, löst sich das Garn in mehrere kleine Fäden auf. Sie leckt das Ende an, versucht es dann mit einer anderen Perle erneut, auch hier lösen sich wieder die Fäden.

Im Urlaub sei es hauptsächlich schön gewesen, sagt Sara. Sie erinnere sich an den Bootsverkäufer gegenüber ihrer Ferienwohnung, der sie jedes Mal überschwänglich gegrüßt habe. Marie nimmt eine Schere und schneidet das sich auflösende Ende ab. Wenn sie miteinander hätten reden wollen, hätten sie eine Übersetzungsapp benutzt, was erstaunlich gut funktioniert habe. Vor ihrem Haus, auch daran erinnere sie sich, habe immer eine Alte gesessen und geschaut und abends habe sich der See in der Dunkelheit durch die Abwesenheit von Lichtern gezeigt, die rund um das Ufer schienen, auch daran erinnere sie sich deutlich.

Jetzt hat Marie das Garn durch die Perle fädeln können und sie fällt zu den anderen.

Am letzten Abend, spricht Sara weiter, während sie die nächste Perle einfädelt, sei sie dann zum Bootsmann gegangen, es sei wild gewesen. Sara lacht, sie habe die ganze Nacht ihrer beiden braungebrannten, nackten Körper angeschaut und ihr sei in dem Moment alles als wunderschön erschienen. Sara fädelt die nächste Perle auf.

Für einige Zeit sind Sara und Marie schweigend in ihre Arbeit vertieft, dann räuspert sich Sara.
– Hör mal, Marie, ich muss dir was sagen, sagt Sara nach einer Weile.
Marie lässt ihren Faden los, ein paar der oberen Perlen lösen sich von der Schnur.
– Ich werde die Stadt in sechs Tagen verlassen.
– Wieso?
– Ich weiß nicht, ich fühls hier nicht richtig. Ich geh wieder zurück.
– Warum sagst du mir das erst jetzt?
– Es gab irgendwie nicht so die Gelegenheit.

Marie nimmt die Perlenschnur wieder in die Hand. Fädelt eine rote, dann eine blaue Perle ein.

– Du lässt mich allein.
– Ich weiß.

– Hier. Sara hält ihr eine Schnur hin.
Auf jeweils vier kleine Perlen sind Buchstaben gemalt. Ein L, ein O, ein V, ein E.
– Für deinen Schlüssel, damit du den nicht immer verlierst, sagt Sara und lacht laut und lang.

Am Abend, bei der Kreuzung, umarmen sie sich zum Abschied.
– Spätestens bis in sechs Tagen, sagt Marie.
Saras langes Haar ist in ihrem ganzen Gesicht.

Marie bleibt an der Kreuzung stehen und beobachtet, wie Sara, der Nebenstraße folgend, sich immer weiter entfernt. Sara, durch die Entfernung klein geworden, dreht sich noch einmal um und winkt mit weit ausgestreckten Armen in der Luft.

Später in der Wohnung wieder das Video: Wie die Stute vom Halfter gelassen wird und mit den anderen Pferden rennt und rennt und rennt. Durch hohe Wiesen und durch weites Land. Am Ende des Videos steht die Stute prustend und mit aufgeblähten Nüstern am Gatter.

24.

Am frühen Morgen steht Marie mit geschlossenen Augen und offenem Mund unter der Dusche. Das Wasser perlt an ihr herab. Dann schüttelt sie sich, dreht den Wasserhahn auf die kälteste Stufe. Sie schreit erschrocken auf.

Marie, in ein Handtuch gewickelt, sieht durchs offene Fenster zwei Flugzeuge am Horizont aufsteigen, die dann gelbe, schmale Wolken in Form ihrer Flugbahnen hinterlassen. Die Schwalben kreisen über dem Innenhof, irgendwo fern: das leise Rauschen der Autobahn.

Sie sitzt auf einem Stuhl am Esstisch, ihre Beine fallen offen auseinander. Marie öffnet ihr Handtuch. Ihr nackter Körper ist da vor ihr. Sie sieht das krause, braune Haar, ihre Hüften, die Schenkel. Zwei Hautfalten um ihren Bauchnabel herum, die Brust, die leicht nach außen über ihre Rippenbogen fällt.

Mit der Hand geht sie langsam durch das feste Haar. Mit der Fingerspitze fühlt sie die Linien der Lippen nach, umrundet langsam die Öffnung. Mit der anderen Hand greift sie nach ihrer rechten Brust. Sie atmet hörbar aus. Sie verweilt in der langsamen Berührung zwischen ihren Beinen. Sie hat die Augen geschlossen. Dann legt sie sich bäuchlings auf den Fußboden und greift nach einem harten Kissen, auf das sie ihren Unterleib legt. Ihre Zehen sind gespreizt, sie bewegt ihr Becken in gleichmäßigen Bewegungen vor und zurück. Mit den Händen stützt sie ihren gestreckten Oberkörper. Sie schließt wieder die Augen, die Augenbrauen sind zusammengezogen, der Mund leicht geöffnet. Auf ihrer Haut bildet sich Schweiß. Einzelne Muskeln treten stärker hervor, die der Unterschenkel, die des Bauchs, die der Oberarme. Ihre Bewegungen werden jetzt schneller. Der Atem wird lauter, der Atem ist im ganzen Raum. Dann ist es plötzlich ruhig.

Sie liegt jetzt auf dem Fußboden. Marie hat die Arme so um sich gelegt, als würde sie sich selbst umarmen. Ihre Augen sind geöffnet. Sie weint still und ohne Tränen.

Marie steht vor dem Spiegel im Flur und schaut sich selbst in die Augen, so als wolle sie jemand anderem etwas Wichtiges mitteilen.
– Ich werde mich nie wieder erniedrigen lassen.
Dann verlässt sie das Haus.

In der Bibliothek treffen sie zufällig aufeinander. Als Marie den Lesesaal betritt, steht er auf und kommt ihr entgegen. Sie gehen hinunter in die Cafeteria, wo er einen Piccolo aus dem Kühlregal stiehlt. Sie geht währenddessen langsam an der Auslage des Buffets entlang. Schnitzel, Klöße, Sauerkraut, der Kühlschrank brummt.

Sie sitzen auf den Bänken vor dem Gebäude, neben ihnen die Kastanien.
– Ich wollte versuchen zu arbeiten, sagt sie und trinkt einen Schluck aus der geklauten Sektflasche.
– Ich auch, sagt Robert.
Sie reicht ihm den Piccolo weiter, er nimmt einen Schluck, sagt dann:
– Seit ich dich getroffen habe, ist mir das theoretische Denken ganz fern. Eigentlich will ich nur noch beschreiben und nicht mehr begreifen.
Sie schweigen.

Sie hören das Zirpen der Grillen. Hinter ihnen liegt eine hochgewachsene Wiese.
– Gestern habe ich einen Tisch im Hinterhof gesehen, sagt er. Schwer und schwarz und hässlich stand der vor mir. Ich dachte dann, vielleicht wäre das ein guter Tisch für

die Küche. Ich habe ja einen, dachte aber, dass der hier besser wäre. Also schleppte ich den Tisch mit der einen Hand, und in der anderen Hand das Geländer, bis in den dritten Stock. Es dauerte sehr lange, ich krallte mich ans Geländer und zog den Tisch hinter mir her. Oft drohte der Tisch zu fallen, aber schließlich, oben angekommen in der Wohnung, stand der Tisch in der Küche und sah immer noch furchtbar hässlich aus, und ich nahm den Schaber und schabte, um alles reinzumachen, und etwas Wachs löste sich, auch Schmutz und Farbe. Schließlich nahm ich einen Hammer und schlug mit dem Hammer auf die Beine des Tisches ein, erst sachte und vorsichtig, um die Schrauben zu lösen, dann aber doch doll, und ich legte mich auf den Boden, schlug über mich und auch um mich, ich stand auf und sah, dass der Tisch immer noch hässlich war, und ich stand nun ratlos in der Küche. Ich nahm einen Lappen und putzte den Tisch und da fragte ich mich, was ich hier eigentlich mache, und das Gefühl ist so groß geworden, dass ich mich überhaupt im ganz Allgemeinen fragte, was ich hier eigentlich mache, dann nahm ich den Tisch, stellte ihn vor meine Wohnungstür und verließ das Haus.

Robert wirft die Sektflasche in den Mülleimer neben der Bank, laut fällt sie hinein.

Sie lachen leise mit gesenkten Köpfen. Plötzlich werden sie still und schauen auf das graue Gebäude.
Robert lässt sich langsam zur Seite kippen und liegt jetzt mit seinem Kopf auf Maries Schoß. Sie legt ihre Hand auf seine Schulter und schaut geradeaus.
Dann ziehen sich ihre Augenbrauen zusammen, die Augen werden kleiner, die Mundwinkel gehen auseinander. Es sieht aus, als würde sie gleich gähnen. Ihre Augen öffnen

und schließen sich unglaublich schnell. Robert, ohne seinen Kopf aus ihrem Schoß zu heben, tastet mit seiner Hand nach ihrem Gesicht. Als er in den Bereich ihrer Augenwinkel kommt, beschaut er erschrocken seine Hand und sagt, mehr zu sich selbst:
– Tränen.

Später gehen sie zurück zu ihren Fahrrädern. Sie versucht ihn Huckepack zu nehmen, aber er ist zu schwer. Dann tauschen sie. Ein paar Meter schafft er es sie zu tragen, dann lässt er erschöpft ab.

Als sie beide ihre Fahrradschlösser öffnen, fragt Robert:
– Und, wie war dein Tag?

Noch später stehen sie an der Kreuzung an der roten Ampel. Sie haben beide ihre Fahrräder in der Hand, sie stehen sich gegenüber. Rechts geht es zu seinem Haus, links zu ihrem. Marie sagt:
– Heute möchte ich lieber …
Robert sagt:
– Ja, also natürlich.

Und als Robert geht, sein Fahrrad über die Straße schiebt, schaut sie ihm lange hinterher, sie setzt an, um ihm zu folgen, dreht sich dann aber um und geht in die entgegengesetzte Richtung, unglaublich schwer und langsam.

25.

Am Morgen liegt Marie im Bett und schiebt den Vorhang zur Seite. Wolken.

Sie steht auf, faltet die Laken, öffnet ein Fenster. In der Küche schaltet sie das Radio ein.
– Hier das Wetter, sagt die Radiosprecherin.
– Trüb und schwül, sagt Marie.
– Und weiter südlich in Alpennähe klarer Sonnenschein, sagt die Radiosprecherin.

Während das Wasser kocht, sitzt sie auf der Fensterbank und tippt eine Nachricht.

sara. wie wir damals da in den alpen waren. und wie ida in die berge reingeschrien hat, die ja in ihrem ganzen panorama dastanden. und ich erinnere mich, wie ich abseits stand und mich für idas ausbruch geschämt habe.
lol.
und dann aber, wie wir so friedlich auf dem balkon gesessen haben.
in der nacht bin ich damals aufgewacht vom wind, der um die hütte ging. und am morgen noch flogen blätter, hagebutten, auch erdklumpen durch die luft.
musste mich gerade erinnern.
erinnerst du dich?
bis später oder die tage oder so.
xx

Sie trinkt den Kaffee auf dem Balkon. Im Innenhof kreisen die Schwalben.

Später, als sie vom Einkaufen zurück in ihre Wohnung läuft, kommen ihr zwei Frauen entgegen, rennen an ihr vorbei.

Marie dreht sich nach ihnen um, über die Kreuzung fährt jetzt ein Bus davon. In diesem Moment bleiben die beiden Frauen stehen, heben empört die Hände. Dann schlendern sie sehr langsam auf die Haltestelle zu. Die eine erzählt etwas, die andere lacht laut auf.

Noch später sitzt sie in der Küche vor dem Kühlschrank, den Beutel mit den Lebensmitteln achtlos neben sich geworfen, und tippt in ihr iPhone:

gehen wir später spazieren? m.

ja, r.

Am Abend sieht sie Robert schon von Weitem auf sie zugehen. Von Licht zu Licht der Laternen. Die Schritte sind lang, die Latschen machen Geräusche, wenn sie gegen die Fersen schlagen. Kurz voreinander bleiben sie abrupt stehen, schauen sich an, an seinem rechten Ohr glänzt der goldene Ring, gehen dann weiter aufeinander zu.

Die hastigen Münder streifen sich, sie stehen kurz, nicht wissend, wohin mit sich.

Robert und Marie, einander einen Arm um den Rücken gelegt, gehen die Straße nach unten. Die Nacht ist ruhig, einzig ihre Schritte auf dem Asphalt sind zu hören. In den Häuserreihen zu beiden Seiten nur noch hin und wieder ein erleuchtetes Fenster.

Von irgendwoher jetzt: Leise klingt Metall gegen Metall im Wind.
– Hörst du, fragt Marie.

Robert nickt. Und zeigt mit dem Finger zum rechten Straßenrand. Das Haus ist verdeckt von einem Gerüst, vor dem eine weiße Plastikplane hängt. Der warme Wind geht jetzt da durch, der Stoff wölbt sich an manchen Stellen. Schutt liegt verstreut. In einem Container auf der Straße liegen unzählige Bruchstücke.

– Baustellen, sagt er. Das sind schöne Orte, irgendwie. So wortlos.

Beide stehen eine Weile da und hören.

– Irgendwann, setzt Robert fort und nimmt seinen Arm von Maries Rücken, als wolle er sich auf das Sprechen konzentrieren, sie nimmt ihren Arm auch sofort weg. Letzten Sommer war ich früh draußen, um Brot zu kaufen. Sie haben damals unten an der Kreuzung die Straße neu gemacht. Ich stand da eine sehr lange Weile und habe zugeschaut. Hinter mir haben die Verkäuferïnnen ihre Läden für Kundïnnen vorbereitet, sie sortierten das Obst und Gemüse in die Verkaufsstände draußen auf der Straße ein. Die drei Teerarbeiter waren schweigsam bei der Sache und es lief leise Radiomusik. Die Aufgaben waren so organisiert, dass jeder immer wieder ein paar Minuten wartete und den Blick entweder über das Treiben der anderen oder aus der Baustelle heraus über die Straße schweifen ließ. Diese Wortlosigkeit ist mir etwas, wie soll ich sagen … Schweigsamkeit ist in gewisser Weise normal bei der Arbeit. Doch auf der Baustelle greifen die Arbeiten ja ineinander, beispielsweise dass man sich Dinge reicht, und so weiter. Also, ich habe auch mal eine Zeit lang auf dem Bau gearbeitet, und auch da haben wir uns nur hin und wieder Wörter zugeworfen.

Er überlegt für kurze Zeit, schaut dabei auf einen unbestimmten Teil der Baustelle, als suche er dort das nächste Wort.

– Schwachsinn, sagt er dann, wir haben doch die ganze Zeit über nur gequatscht, und schüttelt dabei den Kopf. Na ja, manchmal, spricht er weiter, frage ich mich, ob der Mensch überhaupt für die Sprache gemacht ist. Weißt du, wenn man einmal anfängt über eine Sache zu sprechen, fühlt es sich an, als könnte man damit gar nicht fertig werden. Es ist ja so, dass auf jedes Wort immer neue Sätze folgen müssen und dann ... und dann sitzt man in einer Spirale, ohne zu wissen, ob es zum Mittelpunkt geht oder von ihm weg.
Mit dem Wind wieder das leise gegeneinanderschlagende Metall.

Sie stehen immer noch vor dieser Baustelle, nebeneinander, dicht.
– Was dieses Netz für Wellen schlägt, sagt Marie.
– Ziemlich stürmische See, antwortet Robert.
– Komm, sagt sie nach einer Weile und wendet sich ab, um wieder zurückzulaufen.

Eine Bahn, innen drin hell erleuchtet und menschenleer, schießt an ihnen vorbei zum Stadtrand.

– Ich bin oft auf Baustellen gewesen, als Kind. Mein Großvater hat mich mitgenommen. Ich hielt Zollstöcke und rief Messzahlen durch.
Jetzt bleibt sie stehen und lächelt.
– Und die Heizung bei ihm im Auto. Es war immer viel zu heiß, im Sommer, weil er die Klimaanlage nicht benutzte, im Winter, weil er die Heizung ganz aufgedreht hatte. Wir haben kaum ein Wort gewechselt – ich bin in dieser Wortlosigkeit aufgewachsen. Beziehungsweise, wenn wir in der Familie gesprochen haben, dann ausschließlich Funktionales.

Sie geht langsam, um sich wohl zu konzentrieren.
– Und dann, fragt Robert.
– Am Spiegel in der Toilette, an der Kühlschranktür, am alten Holzschrank hingen überall diese Postkarten mit Sprüchen drauf. Mit so Weisheiten. Ich glaube, diese Postkarten waren so was wie ein stiller Dialog meiner Eltern über das, was sie nicht auszusprechen wussten. Zwar standen auf diesen Karten auch meistens Handlungsanweisungen, aber sie bezogen sich im Gegensatz zu unserem alltäglichen Sprechen auf innere Einstellungen, Gefühle und all das Zeug. Es ist mir peinlich, aber als Kind habe ich mir zig von diesen Sprüchen ausgedacht. Ich führte den Dialog mit meinen Eltern fort.

Sie gehen einige Zeit stumm weiter. Dann legt Robert Marie einen Arm um den Rücken und sie legt daraufhin ihm einen Arm um den Rücken. Sie gehen so eine Zeit lang schweigend.

Als sie ihre Wohnungstür öffnen will, zittert die Hand vor dem Schloss.
– Was ist denn hier passiert, fragt Robert.
Marie dreht sich zu ihm um. Robert zeigt auf die Holzbretter vor der Tür.
– Hab ein bisschen umgeräumt.

Jetzt öffnet sie die Tür.
– Hast du denn noch den Fernseher, fragt Robert.
– Ja, ja, der ist noch da.

Marie steht im Türrahmen und schaut Robert an, der mit der Fernbedienung durch die Programme zappt. Dann bleibt er bei einem Sender stehen.
Es läuft eine Tierdoku. Die Pferde stehen grasend und ruhig.

Maries Handy vibriert und sie zieht es aus ihrer Tasche.

die alpen, ja das war schön. xx

Die Umrisse ihrer Körper schimmern. Sie liegen auf der Matratze, einzig zwischen Vorhang und Fenster ist ein Spalt trübes Licht, das von der Straße kommt und Schatten auf den Vorhang wirft.

Marie fährt, den Kopf auf die zur Schale geformten Hand gestützt, vorsichtig die Wimpern ab.
– Hey, sagt Robert.
Er liegt auf dem Rücken, die Augen geschlossen. Sie zieht ihre Hand zurück, folgt dann den Linien seines Gesichts, geht mit der Fingerspitze die Ohrmuschel entlang, über die Schulter, hinunter zum Ellbogen, umkreist seine offene Handfläche. Sie nähert ihr Gesicht seinem Unterarm, so dicht, dass sie die Poren sehen kann.
– Ein feines, durchlässiges Tuch ist diese Haut, flüstert Marie mehr zu sich selbst.
Sie hört Robert atmen. Sie folgt den Sehnen an seinem Hals, bewandert den Oberkörper. Sie geht weiter die Haut entlang, über Rippenflügel, Hüftknochen, Oberschenkel.

26.
Am frühen Morgen, die Dämmerung hat begonnen und durch den Spalt zwischen den Vorhängen kommt schon ein wenig Licht, sitzt Marie gegen die Wand am Kopfende der Matratze gelehnt und schaut. Roberts Brustkorb hebt und senkt sich langsam. Einen Arm hat er über den Kopf gelegt, der andere liegt auf seinem Bauch. Jetzt bewegt sich kurz ein Bein und dieses Zucken geht durch den restlichen schlafenden Körper. Marie führt langsam ihre Hand zu seiner Wange, wie um ihn zu berühren, zieht die Hand dann aber ruckartig wieder weg.

Marie steht in der Küche, das Radio ganz leise gedreht. Während sie aus dem Fenster schaut, wiegt sie ihre Hüfte langsam im Takt der Musik.
Plötzlich dreht sie sich um, als hätte sie etwas gehört. Sie durchsucht den Raum mit den Augen.

Robert und Marie stehen an die Hauswand gelehnt auf dem Balkon und schauen auf die Schwalben, die im Innenhof kreisen.

– Heute Morgen, als du noch geschlafen hast, stark geblendet legt sie ihre Handkante an die Stirn und schaut ihn von der Seite her an, glaubte ich von deinem zuckenden Körper abzulesen, dass du träumst ...
– In irgendeinem Ding mit Motorkraft bin ich gefahren, ewig weit weg, sagt Robert und blinzelt.
– Ich wollte dich an der Wange berühren, aber es kam mir plötzlich so vor, als ob wir an verschiedenen Orten wären, also du auf dem Motorrad und ich auf der Matratze.
– Und dann?
– Also dann ... ich spürte, dass du ... was anderes, jemand anderes bist, und, und das war so groß, dass ich mich nicht mehr traute, dich einfach so zu berühren, so groß, dass es

etwas löste, etwas löste in mir, wie zum Beispiel eine Last.

Robert dreht seinen Kopf weg von den Schwalben zu ihr hin.

– Ich weiß nicht, aber du kamst mir so verletzlich vor und sehr schön zugleich, Marie lacht verlegen.

– Übrigens, sagt Robert, es war kein Motorrad, mit dem ich gefahren bin, sondern etwas viel Größeres.

Am Nachmittag sitzen Robert und Marie auf dem Balkon, am Himmel überlappen sich dunkle und helle Wolken. Die Geräusche der Stadt dringen zu ihnen herauf, ein Bohrer, ein Hupen, das An- und Abfahren einer Straßenbahn, aufrauschende Autos. Sie sitzen still da, als hörten sie es nicht. Beide sind in ein Buch vertieft. Sie sitzt im Schneidersitz auf einem Stuhl, das Buch hat sie vor sich auf den Tisch gelegt, ihr Gesicht in die Handflächen der angewinkelten Arme. Dann schaut sie auf, als versuche sie einen Gedanken zu fassen. Ihr Blick trifft im Umherschweifen zufällig auf ihn. Er hat die Beine überschlagen, in seinem Schoß liegt ein Buch, sein Oberkörper ist leicht nach unten gebeugt, seine Augen verfolgen die Zeilen.

Aus den Wolken fällt der Regen. Sie setzen sich wortlos an das Fenster im Zimmer. Sie sieht, wie ein Tropfen jetzt, durch einen anderen Tropfen erschwert, das Glas nach unten fließt. Er lässt ab vom Buch und legt seinen Kopf in ihren Schoß. Nach einer Weile steht er auf und fragt, während er in die Küche geht, ob sie auch ein Glas Wasser wolle.

– Ja, sagt sie, kommt ihm aber wenig später hinterher.

Sie trinkt das Glas leer, das er ihr reicht, mit der einen Hand an die Küchenzeile gestützt. Als sie dann auf den Balkon treten, kommt wieder die Sonne hinter den Wolken hervor.

Am Abend gehen sie die Seitenstraße entlang, in der Ferne sehen sie die daran angrenzende Hauptstraße, ihr Verkehrsrauschen, die vorbeischießenden Lichter. Dann schauen sie in Richtung des Stadtrands, wo dann Tankstellen, Autowerkstätten, Versandlager den Weg zur Autobahn säumen. Als sie auf einer Brücke stehen, fährt unter ihnen ein Zug zum nahe gelegenen Hauptbahnhof ein.

27.
Am frühen Morgen steht Marie auf dem Balkon. Im Innenhof rührt sich nichts, einzig Taubenaufschläge sind zu hören, dazwischen die Töne fremder Wecker, die durch die gekippten Schlafzimmerfenster kommen, mehrere, auch öfters.

Das Krähen der Vögel.

Marie steht unter der Dusche, während Robert am Waschbecken steht und sich die Zähne putzt.
– Ach shit, sagt sie dann, während sie sich die Haare shampooniert, ich muss doch noch Bücher zurückbringen.
– Ich komm auch, sagt er und hält, während er spricht, die Zahnbürste vor dem Mund.

Am Mittag gehen sie die breiten Steintreppen hoch.
– Ich frage mich, flüstert sie, als sie zusammen zwischen den Bestell- und Abholtheken hindurchgehen, ob sich das Sicherheitspersonal jetzt denkt, ach, die beiden also.
Sie kichert hinter vorgehaltener Hand.

Robert und Marie stehen oben auf der Empore in der Bibliothek und schauen auf das Wandgemälde.
– Siehst du, fragt Marie, da sitzen vier Personen um dieses Wasserbecken herum. Die eine Frau hält den Kopf gesenkt, die Beine so an sich herangezogen: Sie sieht ganz in sich versunken aus. Links neben ihr, dort, eine andere, siehst du, wie sie auf dem Bauch liegt, den Kopf über den Beckenrand gebeugt: Sie hält den Stiel einer Blume ins Wasser, sehr vorsichtig, vielleicht so, als würde sie sie baden. Und dann noch weiter rechts, dahinten, die zwei Kinder, die mit ihren Füßen im Wasser spritzen und sich den Ball lachend zuwerfen.

– Und da, in der rechten Ecke, fragt Robert. Siehst du jetzt den Tänzer, wie er die Hände hebt und zur Drehung ansetzt?
– Ja, jetzt kann ich ihn sehen. Marie lacht. Nach einer kurzen Pause fährt sie fort: Als ich das Bild zum ersten Mal gesehen habe, meinte ich, darin so etwas wie ein Zeichen zu sehen: Wie alle so versammelt sind, aber doch sind sie für sich. Es schien mir damals, dass so das Paradies sein müsste. Das Paradies nicht als ein spezifischer Ort, an dem die Dinge in Hülle und Fülle vorhanden sind, vielmehr als eine bestimmte Form des Zusammenseins. Ich weiß mir nicht anders zu helfen, als es so zu beschreiben: Ein Moment, in dem mir die anderen ganz gleichgültig sind, und doch bin ich erfüllt von ihnen. Weißt du, was ich meine?
– Ja, sagt Robert.
– Jedenfalls bewegte dieser Gedanke etwas in meiner Wahrnehmung, ein inneres Bild schob sich vor die Realität. Ich sah die dort Lesenden und Schreibenden, die akribisch Notizen machten, als würden sie gemeinsam an der Realisierung dieses Bildes arbeiten, als hätte jemand dieses Bild mit genau dieser Absicht dort hingehängt.
– Jetzt, wo du sprichst, habe ich es ganz bildlich vor Augen, dass hier, wo wir stehen, mal Leute Anweisungen gegeben haben: Weiter nach links, Robert schiebt etwas Unsichtbares mit der rechten Hand in die richtige Richtung, wieder zurück, noch ein Stück, noch ein Stück, meinst du so?
– Höher, noch höher, ruft Marie und lacht.
– Pssst ... kommt es von unten.
– Aber es ist ein Wandgemälde, flüstert Robert.
Marie lacht lauter.
– Pssst ... kommt es wieder von unten.
Robert verdreht die Augen.
– Das war, flüstert Marie, wirklich nur ein kurzer Augenblick damals, als ich dieses Bild so betrachten konnte, und

dann war dieser Moment der Fantasie schon vorbei. Es war wieder dieses trostlose, altmodische, viel zu dunkel gemalte Bild auf einer Wand in einer Bibliothek, deren Inneneinrichtung schon längst überholt ist.

Rechts im Bild die Frau, die eiligen Schrittes, ihr Rock weht noch von der Bewegung, mit beiden Händen einen Strauß Blumen trägt, ihr Blick nach oben zur Empore gerichtet, wo die Frau im roten Gewand über ihr Kind gebeugt ist. Wird ihr das Bouquet gereicht werden? Wer hat die Blumen zuvor gepflückt? Ist sie dafür für kurze Zeit allein gewesen? Und was denkt der junge Tänzer da im Hintergrund, wenn er jetzt zur Drehung ansetzt? Wem gilt der Tanz?

Letztens habe ich gelesen, dass das Präsens als Tempus weniger den Zeitpunkt eines Geschehens markiere als vielmehr den Zeitraum desselben. Das heißt, las ich weiter, im Präsens befänden sich Sprecher̈in, Betrachter̈in und die Worte, die gewechselt werden, im selben Raum. Im Präsens schaut niemand aus der Ferne auf ein Geschehen zurück und versucht es zu beschreiben. Was passiert, passiert uns allen zum ersten Mal, wir sind zur gleichen Zeit im gleichen Raum.

Von der großen Fensterfront fällt Licht ein, in dem die Staubpartikel noch bewegungslos in der Luft hängen. Dass das Präsens, denke ich weiter, mich auf die Oberfläche der Dinge/Menschen/Tiere verweist. Wie viel gibt der Körper preis? Was sagt mir die Geste ihrer Hand, der Blick ihrer Augen?

Die Oberfläche ist etwas Schönes, wie zum Beispiel eine Haut, ein Stück Stoff, zusammengewebte Fäden, zu einem berührbaren Tuch mit Grenzen. Ich kann sie berühren, auch dann, wenn ich nicht berührt werden möchte. Das

Präsens als Vermittler dieser Oberfläche, die das Sichtbare darbietet wie etwas zum Halten:
Nimm, das alles ist.

Aber, apropos: Wo sind denn jetzt ... Ich schaue um mich.
Wo sind denn jetzt Robert und Marie?
Jetzt hab ich sie ... was ich noch sagen wollte, also dieses Präsens, ich glaube, es birgt andererseits auch traurige Beschränkungen, zum Beispiel, und auch das habe ich gelesen: Beweglichkeit. Präteritum und Futur befähigen die Sprechenden zur Beweglichkeit in der Zeit und halten sie nicht in einem Raum ...
Shit!
Die waren doch eben noch
die standen eben doch noch ...

Ich eile durch den alten Lesesaal zwischen den Tischen mit den Computern hindurch – niemand. In der Verbindungstür stoße ich mit jemandem zusammen, ich entschuldige mich noch, weder erwidert er etwas noch scheint ihn das besonders zu stören – als gäbe es mich nicht.

Ich schaue im Musiklesesaal, auf dem flauschigen Teppich ist nichts. Jetzt renne ich. Noch nie habe ich jemanden in Bibliotheken rennen sehen, ein eigenartiges Bild, für das sich hier niemand zu interessieren scheint. Meine Schritte hallen durch die Flure und sind mir voraus. Auf der Treppe nehme ich zwei Stufen auf einmal.

Zwischen Bestell- und Abholtheken – nichts
Eingangshalle – nichts
Cafeteria – nichts
Garderobe – nichts
Toilette – nichts

Ich rufe: Vom Erdboden verschluckt, und stampfe auf den Boden, niemand scheint sich an mir zu stören, was mir seltsam erscheint, nur jemand vom Sicherheitsdienst schaut plötzlich aufmerksam, wie ein Reh, das die Ohren spitzt nach Knacken im Holz.
Ich wundere mich, dass die Eingangstür neuerdings dauerhaft geöffnet ist.

Ich stehe und schaue gegen das Sonnenlicht, es ist brütend heiß und ich bin außer Atem. Im Hintergrund zirpen immer noch die Grillen. Neben mir zündet sich eine Person eine Zigarette an. Meine Flanken heben und senken sich unglaublich schnell, ich stütze mich am Gebäude ab. Ich bleibe eine Weile so.

Ich sehe sie im Augenwinkel, bei den Bänken vor der großen Wiese, und kann es kaum glauben. Vorsichtig, fast schleichend, nähere ich mich ihnen, bleibe hinter der großen Kastanie stehen.

Sie stehen voreinander, Robert streift mit der Schlappenspitze im Sand, Marie wiegt die Hüften, sie lachen, halten den Kopf gesenkt. Robert schaut zu ihr hoch, spricht etwas, Marie tritt an ihn heran, spricht etwas, ich kann sie nicht verstehen, das Öffnen und Schließen ist ein Gemurmel. Marie zeigt etwas Großes mit den Händen, öffnet sie vor ihrem Körper, Robert lächelt, zeigt daraufhin auf das Feld, wo die Gräser stehen, saftig und lang.
Robert steht da und schaut in die Ferne, lacht leise, die Augen leuchten, die Hände auf Bauchhöhe gefaltet, Marie legt ihm die Hände auf die Hüften, wie automatisch öffnen sich seine, legen sich ineinander auf ihren Rücken. Sie schauen sich kurz an, lachen, lösen sich voneinander, Marie küsst ihm die Schulter, sie blinzelt.

An einer größeren Kreuzung stehen sie mit anderen und warten an der roten Ampel. Als sie bei Grün die Straße überqueren, läuft ihnen auf der Verkehrsinsel, die die beiden Fahrtrichtungen voneinander trennt, zufällig Sara entgegen.
– Sara, ruft Marie, die dann aufblickt und Marie kurz nicht erkennt.
Sie umarmen sich. Sara, Marie und Robert sind auf der Verkehrsinsel stehen geblieben.
– Also, das ist Robert.
Robert hebt kurz die Hand.
– Hallo, sagt Sara.
Robert schaut auf den Boden.
Die Ampel schaltet wieder auf Rot. Rechts und links von ihnen fahren Autos in langen Reihen.
– Wohin, fragt Marie.
– Ach, unterbricht Sara sie, nur die Bücher zurückbringen.
– Wir sehen uns ja morgen, oder, fragt Marie.
– Ja, ja. Sara schaut zur Ampel, die immer noch rot ist. Und was macht ihr noch, fragt Sara.
Die Ampel schaltet jetzt wieder auf Grün, Sara macht einen Schritt, um weiterzugehen, bleibt dann aber doch stehen, als erinnere sie sich an die Frage, die noch offen steht.
– Mal schauen, sagt Marie und sieht zu Robert, der mit den Schultern zuckt.
– Na dann, sagt Marie.
– Ja, sagt Sara.
– Tschüss, sagt Robert.

In seiner Wohnung stehen Robert und Marie auf dem Bett und bewerfen sich gegenseitig mit den Kopfkissen. Dann zieht Marie Robert die Beine weg und er fällt, versucht sie noch im Flug zu packen, aber sie schützt sich mit einem Kissen, das sie jetzt wild um sich schleudert. Sie sind außer Atem und lachen. Dann versucht Robert auf allen vieren zu ihr zu kriechen, aber sie versteckt ihren Kopf hinter einer Gardine. Robert steht nun in einigem Abstand zu Marie und beobachtet sie, wie sie den Kopf hinter der Gardine versteckt, eine Grimasse zieht, den Kopf wieder versteckt und wieder eine Grimasse zieht. Dann versteckt sie wieder das Gesicht und schaut ernst.

Später stehen sie an der Türschwelle. Marie trägt schon Schuhe, Jacke und Tasche, als sie sich für kurze Zeit reglos anschauen. Dann geht sie an ihm vorbei in die Küche, er folgt ihr. Sie setzen sich an den Tisch gegenüber. Sie kniet sich auf den Stuhl und er sitzt zusammengesunken, sie schauen sich an. Jetzt, da Marie anfängt zu sprechen, beugen sich beide nah zueinander über den Tisch.

– Immer wenn ich gehe, habe ich Angst, dich nie wiederzusehen. Die Wörter sind bestimmt schon tausendmal in dieser Reihenfolge gesagt worden, wenn ich sie jetzt so wiederhole, verliert das, was ich eigentlich sagen will, etwas von seiner Wirkung. Ich wollte dir sagen, dass ich Angst vor dem Abschied habe, und wenn ich gehe, hängt mein Herz schwer im Körper, aber wenn ich ein paar Schritte gelaufen bin, fühle ich mich frei und atme auf, weil ich dann sagen kann, ahhh, hier sind meine Konturen.

– Ich fürchte das Wiedersehen noch mehr, sagt Robert. Wenn ich dich sehe, bin ich die ersten Minuten unsicher, ich weiß manchmal nicht, ob das, was wir die Tage zuvor erlebt haben, wirklich war. Wenn ich bei dir bin, ist es so, als müsste ich mich erst deiner und meiner versichern.

– Mir geht es ähnlich, sagt sie.

– Gut, antwortet er.

Dann schieben sie ihre Stühle zurück und sie küsst Robert die Wange zum Abschied.

Vor der Tür schaut sie an der Hausfassade hoch. Unter den Fensterbrettern löst sich Stuck. Sie geht zunächst langsam die Straße entlang. Ihre Schultern fallen nach vorn. Dann, als hätte sie jemand gerufen, dreht sie sich um. Zeitgleich erblickt sie nun den Straßenraum. Die Leute schlendern vorbei in den Feierabend. Das Licht steht tief und die Strahlen fallen zwischen die Häuser.

Noch später, am Abend, hört Marie durch das geöffnete Fenster aus einem Haus in der Nachbarschaft ein Lied, das von einigen Menschen in die Dunkelheit gesungen wird. Aus dem schiefen Chor heraus ist die Stimme der Nachbarin zu hören, die jetzt in den Abendstunden jeden Tag für eine Weile auf dem Balkon sitzt.

28.

Am Vormittag stehen Sara und Marie am Bahngleis und warten auf den Zug. Neben Sara stehen zwei große Rollkoffer, um ihre rechte Schulter hängt eine riesige Handtasche, die so schwer ist, dass Sara sie immer wieder zurechtrücken muss.

– Wie weich du geworden bist, sagt Sara und legt Marie einen Arm um die Schulter.

– Du wirst mir fehlen.

Aus den Lautsprechern tönt die Ansage, dass der ICE nach München jetzt einfahre. Die Leute um Marie und Sara greifen aufgeregt nach ihrem Gepäck und treten an die weiße Linie der Bahnsteigkante.

– Kommst du mich besuchen, fragt Sara.

– Ja, sagt Marie. Wir können ja auch telefonieren und so.

– Ja, sagt Sara und tritt auf sie zu, um sie zu umarmen.

Marie und Sara haben die Arme umeinandergelegt, Maries Gesicht ist tief in Saras Haar. Ihre Unterkörper jedoch sind fußweit voneinander entfernt, als bereiteten sie sich schon auf das Gehen vor. Dann rutscht Saras Handtasche von ihrer Schulter und stößt Marie fort.

Marie sieht Sara hinter der Fensterscheibe des ICE sitzen. Sara lächelt und winkt. Als der Zug anfährt, schaut sie ihm hinterher, wie er auf einem der vielen Gleise aus dem Bahnhofsbereich verschwindet. Die Gleise schimmern in der Hitze. Der Bahnsteig ist jetzt leer, der nächste Zug kommt erst in zwei Stunden. Marie geht über den stillen Bahnsteig allein zu den Rolltreppen.

In der Tram steht Marie an eine der gelben Haltestangen gelehnt. Sie tippt, über ihr iPhone gebeugt:

morgen see?

Kurze Zeit später leuchtet das Display auf.

ja.

In der Wohnung hängt sie wieder die feuchten Tücher vor die offenen Fenster. Marie liegt auf dem Sofa im milchigen Licht und beobachtet, wie der heiße Wind das Tuch aufwölbt, hin und wieder in den Raum hineinweht und mit ihm eine Brise kühlere Luft.

Um die Iris herum ist ein goldener Kreis. Sie sieht K. in die Augen. Es ist die gleiche Augenfarbe wie die ihre. Welkes Laub im Herbst, eine Weite von Hügeln davon bedeckt. Der Schatten klettert den Abhang hoch, es kreist ein Vogel. Sie starren sich an, in ihre gleichfarbenen Augen, und schweigen. Die Blicke sind leer. Neben ihnen reden die beiden Eltern, es ist Sommerurlaub und sie alle sind sich zufällig in der Fußgängerzone begegnet. Am Abend lässt K. ihr einen Brief ins Hotelzimmer zukommen. Das Bild einer selbstgemalten Sonne. An jedem Strich, der von dem gelben Kreis ausgeht, ist ein Satz geschrieben: Ich bin nicht mehr besessen. Ich nehme nichts mehr. Es tut mir leid. Komm zu mir zurück.

29.

Marie ist über ihren Fahrradrahmen gebeugt, um das Schloss zu öffnen. Aus der Ferne hört sie Robert klingeln. Sie richtet sich auf und sieht ihn, die Füße von den Pedalen gehoben, die Beine in der Luft gespreizt, auf sie zufahren.
– Hallo, sagt Robert und bleibt vor ihr stehen.
Marie klingelt als Antwort und steigt auf ihr Fahrrad. Zusammen fahren sie stadtauswärts.

In den Schrebergärten rennen Kinder schreiend durch einen Wasserstrahl. Im Außenbezirk liegen die Industrie- und Fabrikhallen verlassen. Sie fahren am Seitenrand einer Landstraße lange geradeaus. Rechts und links von ihnen Kornfelder. Die Felder werden durch Bäume abgetrennt, drei, vier, die hintereinanderstehen.

An einer Kreuzung halten sie wortlos an und reichen sich gegenseitig, nachdem sie hastig getrunken haben, die Wasserflasche. Marie tritt von der Kreuzung auf eine Wiese, auf der mittig ein paar Obstbäume stehen. Sie pflückt zwei Kirschen, die sie sich in den Mund steckt. Sie spuckt den Kern einen Meter weit von sich. Saft tropft ihr aus dem Mund. Aus ihrer klebrigen Handschale reicht sie Robert zwei Stück.

Vom Fahrrad aus sieht Marie dort, hinter den Bäumen, ein Stück See aufleuchten, immer wieder, wenn er sich in den Zwischenräumen der Kiefernstämme zeigt. Vor ihr fährt Robert mit geradem Rücken und schaut, wie sie, nach links zum Ufer. Der Weg zieht sich jetzt direkt am Kiesstrand des Sees entlang. Marie sieht ein Paar Hände, die Sonnencreme auf einen rundgewölbten Rücken schmieren. Um einen Campingtisch herum sitzen zwei Ältere und spielen Schach. Sie rühren sich nicht und blicken konzentriert auf das Brett.

– Wollen wir nicht einfach hier, fragt Marie.
– Ja, sagt Robert und steigt schon ab.

Sie zeigt auf einen kleinen, freien Platz zwischen den nackten Körpern. Marie und Robert halten ihre Handtücher in den Wind, um sie auf den Boden zu legen.

– Ich gehe erst später, sagt Marie, als sie sich das Kleid über den Kopf zieht. Zuerst will ich auf diesen warmen Steinen liegen.
– Ich geh sofort rein, sagt Robert, als er seine Shorts fallen lässt.

Sie sieht ihn fortgehen, zickzack um die vielen Badetücher. Zwischen den fremden Köpfen im See verliert sie ihn aus den Augen, erblickt ihn wieder in der Mitte des Sees.

– Nicht zu weit, sagt sie noch, bevor sie sich auf den Rücken legt.

Marie liegt da und schläft.

Sie öffnet ihre Augen, als es ihr auf den Bauch tropft. Robert steht vor ihr mit seinem nassen Haar, das Gesicht auch nass, grinsend, es perlt auf ihre Haut, er legt sich neben sie, auf die warmen Steine. Auf seiner Haut, den Lippen, unter der Zunge noch Seewasser.

Robert und Marie liegen nebeneinander auf dem Rücken mit geschlossenen Augen. Jetzt, da Marie anfängt zu sprechen, öffnet sie ihre Augen und schiebt die Handflächen ihrer ausgestreckten Arme vor die Sonne:

– Heute Morgen, als ich aufwachte, war der erste Gedanke, den ich fassen konnte, eine Erinnerung. Als ich ein Kind war, gingen meine siebenjährige Schwester und ihr siebenjähriger Freund am Goldfischteich der Nachbarn angeln. Peter hieß der Freund, er muss diese Angel zum Geburtstag bekommen haben. Sie haben den ganzen Nachmittag über an diesem Teich gesessen. Schließlich sahen wir sie über die Dorfstraße gehen, Peter hatte die Angel geschultert und an ihrem Ende hing ein kleiner Fisch, der um sein Leben zappelte. Das Weiß und das Orange der Schuppen schimmerte im Licht der Nachmittagssonne. Auch Bodo, der Vater von Peter, muss die beiden gesehen haben, als er aus dem Fenster seiner Werkstatt schaute. Er ging raus, nahm Peter schweigend die Angel ab, nahm den Fisch von der Schnur und legte ihn auf den Asphalt. Der Fisch klatschte auf und ab. Bodo zog seinen Schuh aus und hielt ihn Peter hin, dann meiner Schwester. Aber beide schüttelten stumm den Kopf. Dann schlug Bodo mit voller Kraft auf den kleinen Kopf des Fisches. Er nahm den reglosen Fisch, schmiss ihn in die Graue Tonne und ging wieder in seine Werkstatt.

Robert schaut sie lange an, als frage er sich, was sie sagen wollte. Marie schaut nach vorn, auf den See, schweigend. Dann legt sie sich wieder auf die heißen Steine, schließt die Augen.

Am Nachmittag sitzen Robert und Marie einander gegenüber, zwischen ihnen ein Haufen Spielkarten, die sie mit einem Stein beschwert haben, es geht ein leichter Wind. Robert zieht eine Karte und sortiert sie zwischen die anderen, in seiner Hand aufgefächerten ein. Er schüttelt stumm den Kopf. Als Marie den Stein wegnimmt, um eine Karte zu ziehen, fliegen die Karten mit dem Wind davon in Richtung See. Robert versucht, noch im Sitzen, welche zu fangen.

Später fahren sie beide mit den Fahrrädern einen schmalen Waldweg entlang. Auf dem mit Laub bedeckten Boden wechseln sich Sonnen- und Schattenflecken regelmäßig ab. Die Laubbäume rechts und links wiegen sich rauschend in der kühleren Luft. Die Vögel singen. Robert fährt vor Marie Slalom. Marie wiederum beginnt ein Lied zu pfeifen. In der

Ferne noch das Geräusch von fließendem Gewässer. Dann sehen sie, wie kurz hinter dem Weg das Gelände abfällt, hin zu einem kleinen Fluss. Er glitzert zwischen den Baumstämmen auf. Robert und Marie stellen ihre Fahrräder ab und gehen zwischen Buchen, Ahorn, den Kastanien, durch trockenes Laub und Gestrüpp runter zum Flussufer. Robert und Marie, ihre Unterschenkel zerkratzt von den Dornen im Gebüsch, stehen auf einer steinigen Einbuchtung und schauen. Das schnell fließende Wasser wird von großen Steinen immer wieder gebrochen, spritzt an den Steinen hoch und glänzt im Licht. Marie und Robert ziehen sich aus und gehen über die algenbewachsenen Steine, bedacht darauf, nicht auszurutschen. Marie legt sich ins Wasser gegen den Strom, taucht unter, taucht auf, schüttelt den Kopf. Marie atmet laut auf und schaut überrascht zu Robert. Er liegt mit dem Rücken auf einem Stein, seine Beine sind angewinkelt und fallen gespreizt auseinander, die Hände hat er sich auf die Augen gelegt, um sich vor dem blendenden Licht zu schützen. Marie nähert sich ihm vorsichtig. Sie tritt an ihn heran, Robert öffnet kurz die Augen, ihre Lippen auf seiner Ohrmuschel, seiner Halsschlagader und seinem Schlüsselbein.

Nachdem sie sich angezogen haben und wieder um die Bäume gehen, öffnet er seine Hose und spuckt auf seinen Schwanz.

– In meinen Shorts haben sich Ameisen eingenistet, die jetzt ununterbrochen pinkeln.

30.

Sie treten vor die Tür. Die Feuchtigkeit eines in der Nacht über die Stadt gezogenen Gewitters liegt in der Luft, das Grün der Bäume leuchtet im Licht. Vor einer Baustelle stehen zwei Arbeiterïnnen und begutachten ihre Arbeit. Als sie die Straße überqueren wollen, fährt ein Auto an ihnen vorbei. In einer Bäckerei kaufen sie Kaffee und Croissants. Sie essen und trinken im Gehen. Ein LKW parkt auf dem Gehweg, ein Mann öffnet die Hintertüren und holt Obst- und Gemüsekisten aus dem Frachtraum.

– Ich würde gerne jetzt mit dir verreisen, sagt Robert. Heute wäre ich am liebsten in einer anderen Stadt aufgewacht, irgendwo in Alpennähe, vielleicht auf der französischen Seite. Das Wetter wäre ähnlich. Noch ein leicht grauer Himmel, Feuchtigkeit in allen Dingen, wir würden wie gerade eben miteinander gehen und beide für uns schauen.

An der Kreuzung passieren sie die Straße. Er schaut in der Auslage einer Bäckerei nach Baklava. Im Schaufenster eines Handyladens ist ein digitales Werbeschild eingeschaltet, auf dessen Display blinkt: *Geöffnet*. Sie gehen nebeneinander her, plötzlich rennt Marie voraus, springt einen Hüpfschritt und schaut sich lachend nach Robert um, der sie, die Handfläche auf seine Wange gelegt, breit lächelnd anschaut.

Auf der Brachfläche bei den Schienen bleiben sie stehen. Ich setze mich entfernt von ihnen auf einen alten Bürostuhl, den jemand hier als Müll abgestellt haben muss. Jetzt sehe ich, dass einer der Rollköpfe fehlt.

Robert und Marie gehen langsam über das Feld, sie sind dabei so in das Gespräch vertieft, dass ihnen die Richtung, in die sie sich bewegen, ganz gleichgültig ist.

– Und weißt du noch, als wir da so lagen, fragt Marie.

– Meinst du gestern Abend? Und uns gegenseitig über die Haut, nichts anderes, fragt Robert.
– Ja, jetzt denk ich mir, dass es nicht nur ein Liebkosen war, sondern auch ein Öffnen, irgendwie, fragt Marie.
– Vielleicht so: Dass dich die Berührung wieder von Neuem erweckt, fragt Robert.
– Aber auch, wenn du also mit deiner Handfläche über meinen Körper gehst und ich über deinen, werde ich, wie soll ich sagen, ganz zur Empfindung, fragt Marie.
– Ich erinnere mich nicht und will auch nichts mehr begreifen, so, fragt Robert.
– Ja, streichen wir über unsere Haut, wie damals, als ich durch die Wälder ging, durch die Kiefernwälder, wo vorher nur Stämme waren, zeigte sich ein Horizont und auch meinetwegen das untergehende Licht, sagt Marie.
– Oder nach langem Liegen, im Haus herum, wegen Regen oder Ähnlichem, und dann trete ich vor die Tür, wo die Luft eine andere ist, sagt Robert.
– Jedenfalls spüre ich ja nicht nur, dass ich ein empfindsames Wesen bin, sondern, dass es auch irgendwie schön ist, eins zu sein. Ich spüre durch deine Liebkosung, und das ist vielleicht das, was ich eigentlich sagen will – dass ich berührbar bin, sagt Marie.

Er fängt an ein Lied zu summen, fragt dann, wie das noch mal heiße. Sie antwortet, dass sie es nicht wisse, summt aber die Melodie mit, die ihr bekannt vorkommt. Vor einer roten Ampel schaut sie hoch auf ein frisch renoviertes Haus. Die Ampel schaltet auf Grün und er sagt, er könne ewig so weitergehen.

Später am Abend, kurz vor Einbruch der Dunkelheit, gehen Marie und Robert auf den Eingang der Eckkneipe an der Hauptstraße zu.

Ich bleibe stehen und sage:
– Geh lieber nicht in diesen Raum, Marie, denn bist du nicht vor ungefähr drei Jahren das letzte Mal hier gewesen und hast an dem Tisch in der Ecke neben K. gesessen?

Aber Marie hört mich anscheinend nicht, denn sie geht weiter und weiter, Robert öffnet jetzt die Tür.

Drinnen steht die Luft vor Rauch, die Lampen sind gedimmt, das Licht diffus. Stimmengewirr, unglaublich laut.

Ich sehe Robert und Marie in der hinteren Ecke auf der Suche nach einem freien Tisch.
– Entschuldigung.
Ich versuche mich weiter zu ihnen durchzudrängen, vor der Bar ist viel los.
– Entschuldigung.
Ich drehe mich um, vor mir steht eine große Frau in einem weißen Suit und pustet Rauch in mein Gesicht.
– Sie kommen mir unglaublich bekannt vor, sagt die Frau im weißen Suit.
– Ja, frage ich.
– Wollen Sie sich nicht zu uns setzen, fragt die Frau und zeigt auf einen Tisch, an dem einige Menschen, alle in Smokings und Ballkleidern, wild miteinander diskutieren.

Ich sehe jetzt die Frau im weißen Suit am Nachbartisch fragen, ob der Stuhl hier noch frei wäre.

Ich setze mich. Ihre Freundinnen nicken mir zu, wenden sich aber dann sofort wieder in ihre Diskussion. Einen kurzen Augenblick versuche ich ihrem Gespräch zu folgen, einen Satz als Einstieg zu finden.
– Wann war denn das, fragt die Frau.

– Wie bitte, frage ich.
– Als wir uns begegnet sind ...
– Machen Sie sich auch so viele Gedanken über Kleinigkeiten, frage ich die Frau im weißen Suit.
– Ist das nicht normal, fragt die Frau im weißen Suit.
Ich nicke, langsam.
Die Frau fragt:
– Und was machen Sie sich so für Gedanken?
Die Frau im weißen Suit klopft sich eine Zigarette aus der Schachtel, zündet sie an und pustet mir den Rauch ins Gesicht, hält den Kopf schief und schaut mich an.
Ich sage:
– Ich weiß nicht.
– Ach so, sagt die Frau im weißen Suit und zieht an ihrer Zigarette.
– Heute, sage ich, heute habe ich vielleicht etwas verstanden. Es ist total banal, es wissen eh alle schon, aber ...
– Und was, fragt die Frau im weißen Suit, hält die Zigarette auf Ohrhöhe und schaut mich freundlich an.
– Ich weiß nicht, wie ich es erklären soll.
Die Frau zieht an ihrer Zigarette.
– Dass es ja

...

Dass es da etwas gibt.

...

Zum Beispiel, wenn man einander begegnet.

...

Dass ich was in mich hineinlasse, also etwas vom anderen.

...

Fremdes Material,

...

Stimmungen,

…
auch Körperflüssigkeiten,
auch das.
…
Und auch andersherum, etwas von mir geht in den anderen Körper hinein.
…
Und diese Spuren, Sedimente, ja,
oder Fäden?
Vielleicht das.
…
Die entscheidet ja etwas …
Wie die Welt um mich herum …, wie sie aussieht,
wie sie ist
und so weiter.
…
Und
…
dass man Sorge trägt, dass man füreinander Sorge tragen muss, für das, was man hinterlässt.

Die Frau im weißen Suit hält die Zigarette immer noch auf Ohrhöhe, schaut mich an, unsere Blicke treffen sich, dann ascht die Frau ab.
Auf einmal komme ich mir albern vor. Ich sage:
– Ist egal.
Die Frau lacht.
– Laurie, kommst du, fragt eine Person im Kleid.
– Ich komm schon, die Frau im weißen Suit drückt ihre Zigarette im Aschenbecher aus.
Die Frau reicht mir ihre Hand.
– Es war schön, mit Ihnen zu reden, sagt die Frau und ich nicke.

Ihre Freund*innen erheben sich und gehen auf die Bühne, die, wie ich jetzt erst sehe, direkt neben der Bar ist. Die Frau im weißen Suit tritt an das Mikrofon, die anderen greifen ihre Instrumente.

Der Synthesizer klingt im Raum, die Gespräche verstummen. Die Personen in den Ballkleidern beginnen in einem regelmäßigen Rhythmus zu klatschen.

Die Frau im weißen Suit singt:
– »'Cause I can see the future
and it's a place
About 70 miles east of here,
Where it's lighter …«

Robert und Marie. Ich blicke mich im Gastraum um und sehe sie nicht. Ich stolpere zum Ausgang.

Draußen entdecke ich sie, wie sie sich auf der Straße immer weiter entfernen, und eile, um hinterherzukommen. Marie redet und Robert lacht. Immer wieder suchen sie den anderen Blick, treffen sich ihre Augen, bleiben sie für kurze Zeit fest ineinander.

Als Marie die Haustür aufschließt, sie zusammen das Treppenhaus hochgehen, husche ich durch den Spalt der sich schließenden Tür. Vor ihrer Wohnung angekommen, bemerke ich, dass auch diese Tür nicht richtig ins Schloss gefallen ist und drücke sie lautlos auf. Ich gehe sofort auf den Balkon, damit sie mich nicht bemerken.

Ich stehe da und schaue, wie diese Vogelschar die Dächerlinie des Innenhofs entlangfliegt. Aus dem Innenhof dringt das Gelächter in den Raum hinein, die arabische Musik, ein kühler Wind. Ich weiß nicht, wie lange ich dort stehe, nur schaue und höre. Als ich wieder zu mir komme, ist der Himmel ganz schwarz vor Nacht. Robert und Marie sind seit einiger Zeit schon im anderen Zimmer. Ich gehe durch das Wohnzimmer und bin noch verwundert über das Geräusch meiner Füße auf dem Holz. Ich schleiche jetzt, um diese Stille nicht zu stören, streiche mir mein Haar vorsichtig aus dem Gesicht, knote es im Nacken zusammen und nehme dafür das durchsichtige Haargummi von meinem Handgelenk. Ich gehe an dem Zimmer vorbei, in dem Marie und Robert sind, neugierig bin ich schon, aber ich lasse die Tür geschlossen. Ich will sie nicht stören, nicht beobachten in ihrer Nähe, die jetzt nur noch ihnen beiden gehört – eigentlich schon immer.

Ich greife nach der Klinke, öffne die Wohnungstür, und als ich gerade auf der Schwelle stehe, höre ich Marie sagen:
– Da ist jemand.
Ich bleibe wie erstarrt stehen und dann höre ich auch Robert:
– Ja. Ich höre auch etwas.
Noch bevor ich mich bewegen kann, steht Marie im Türrahmen und schaut mich an. Ich sehe in ihr erschrockenes Gesicht, ihre aufgerissenen braunen Augen. Ihr Haar ist zu einem Dutt gebunden. Sie hat ein zu großes T-Shirt an. Ich versuche zu lächeln, doch ich bemerke, dass ich selbst so überrascht bin, dass sich meine Mundwinkel nicht formen lassen. Aber Maries Augen strahlen jetzt überrascht auf, und bevor sie etwas sagen kann, schließe ich die Tür, renne das Treppenhaus hinunter, sodass nur noch ein großes Gepolter zu hören ist.

31.

Ich folge der Straße Richtung Hauptbahnhof. Es dämmert schon. Die Straßenlaternen leuchten schwach auf den grauen Asphalt. Aus der Kneipe ist noch Musik zu hören, Stimmen, Gelächter. Ich gehe weiter, vorbei an den geschlossenen Obst- und Gemüseläden, die Auslagen liegen leer. Hinter dem Schaufenster einer Bäckerei füllt ein Verkäufer die Vitrinen mit süßem Gebäck. Auf der Bank an der Tramhaltestelle sitzt jemand und schläft. Auf der Eingangstür zu einem Ladenlokal steht groß *where are you going?* Ich bleibe stehen. Hinter dem Schaufenster, im dunklen Empfangsraum, flackert das Licht einer Werbetafel, *come with us.* Fotografien von der Antarktis, der Wüste, weißen Stränden, Bergen. Ich gehe weiter durch den Park, Vögel singen jetzt von überallher.

Ich weiß nicht, ist es der Gedanke, dass ich aufbrechen werde, zwar bin ich noch nicht fort, weiß aber, dass ein anderer Ort folgen wird; oder der Gedanke an den Abschied, der sich mir in diesem Moment in den Kopf einschreibt, dass meine Beine immer schwerer werden, so schwer, dass ich sie fast nicht mehr heben kann. Und auf Brusthöhe eine Art Schmerz, ein Ziehen. Doch dieses Ziehen, es ist keins, das in den Körper hineingeht, mich weiter in mich hineinzieht, sondern es zieht mich nach draußen, es zieht mich weit hinaus. Und in mir der tiefe Wunsch, mich auf der Stelle auf die Knie fallen zu lassen und den Kopf in Richtung des Himmels zu strecken, um mal jemandem zu danken. Und auch wenn mich niemand sehen würde um diese Zeit – es geht einfach nicht. Also trage ich diesen Schmerz in der Brust weiter zum nahe gelegenen Hauptbahnhof, auf eine der Bänke am Gleis. Und wie ich dort von dem Kleinsten tief gerührt werde, zum Beispiel von der Taube, die dicht unter dem gläsernen Bahnhofsdach zu einem der Metallträger fliegt, ihr flatterndes Gefieder. Zum Beispiel vom Müll neben den Eimern, ein Zeichen von der Betriebsamkeit des vorangegangenen Tages, als die Leute müde die Züge verließen, Zeitungen, Pappbecher, Tüten von sich warfen, auf dem Weg in ihre Häuser, oder in die Stadt, um noch jemanden zu treffen, und so weiter.

Es geht eine Weile so. Dann wird mir langweilig, der Zug, den ich nehmen werde, wird erst um 8:56 Uhr abfahren, bis dahin werde ich noch zwei Stunden warten müssen.

Dann, nachdem ich bei Starbucks gefrühstückt und im Zeitungsladen die Schlagzeilen aller Tageszeitungen laut vorgelesen habe, fährt der ICE ein und öffnet unter lautem Piepen seine Türen. Ich setze mich in einen der leeren Vierer.

Der Zug schließt gerade seine Türen, als ich plötzlich Robert und Marie entdecke, die den Gang suchend nach einem freien Platz ablaufen. Sie bewegen sich nur langsam, sie schleppen viel Gepäck: Beide ziehen einen großen Hartschalenkoffer hinter sich her, in der freien Hand trägt Marie die Postkisten, Robert trägt die kleine Palme. Vor meinem Platz bleiben sie stehen und fragen, ob die zwei Plätze mir gegenüber noch frei seien. Ich bejahe. Marie schaut mich überrascht an, ich lasse meine Augen beschämt auf den Boden fallen. Dann helfe ich ihnen, ihr ganzes Gepäck zu verstauen. Die drei Postkisten schieben sie unter die Sitze, und die kleine Palme lässt Robert nicht aus seinem Arm.

Als der Zug um eine Kurve biegt und in der Ferne die Stadt noch einmal sichtbar wird, wie sie dort aus dem flachen Land heraustritt, drehen wir drei uns nach ihr um.

Wir sind lange miteinander in diesem Zug gefahren, ohne ein Wort zu wechseln. Nur einmal bitten sie mich höflich, auf ihr Gepäck achtzugeben, während sie im Bordbistro Mittag gegessen haben. Ich habe die beiden unentwegt beobachtet, unauffällig, während ich den Kopf gesenkt über die Zeitung hielt, aber die Augen immerzu nach oben zu ihnen. Wenn ich das Gefühl hatte, Marie würde gleich zu mir schauen, habe ich die Augen sofort wieder auf die Wörter gesenkt. Zugleich ist die Landschaft an uns vorbeigeflossen, Marie und Robert haben oft aus dem Fenster geschaut.

In Wien bin ich ausgestiegen, wir verabschiedeten uns. Robert sagte:
– Einen schönen Abend.
Marie und ich haben uns angesehen. In diesem Blick kam ich kurz nach Hause. Ich sagte:
– Eine gute Reise.

Ich weiß nicht, wohin der Zug genau weiterfuhr; ob in die Alpen, weiter nach Italien oder noch ferner, südlicher.

Liste verwendeter ferner Orte

Seite 13–14, 20, 54: Frei nach dem Hohelied, das Lied der Lieder, nach der Übersetzung Martin Luthers. Insb.: 2.10-13.; 3; 4.11-15.

Seite 15: *My Heart's in the Highlands* Gedicht von Robert Burns, musikalische Interpretation von Arvo Pärt.

Seite 35: *Das Notizbuch vom Kiefernwald* von Francis Ponge. Frankfurt a. M.: Suhrkamp, 1982, S. 16.

Seite 47–48, 122: Frei nach dem Film: *Liebe 1962* von Michelangelo Antonioni, 1962. Insb.: Die Abschlussszene, in der die Kamera Bilder der Stadt hintereinander zeigt.

Seite 62–63: vgl.: *Theorie des Films* von Siegfried Krakauer. Frankfurt a. M.: Suhrkamp, S. 110.

Seite 66: *Tröstung* von Hilde Domin, in: *Sämtliche Gedichte* von Hilde Domin. Frankfurt a. M., 2022, S.220–221.

Seite 84: Inspiriert von der Endszene in *Blow Up* von Michelangelo Antonioni, 1966.

Seite 89–90: *This is the Rhythm of the Night* von Corona, 1993.

Seite 97–99: Frei nach dem Essay *Die Psychologie der Verrücktheit* von Donald Winnicott, erschienen in: Psyche, Zeitschrift für Psychoanalyse und ihre Anwendungen 4, April 2018.

Seite 118–119: vgl.: *Präsens/Poetik eines Tempus* von Armen Avanessian und Anke Hennig. Zürich: diaphanes, 2012. S.136–137.

Seite 135: *Let X=X* von Laurie Anderson, 1982.

Häusliche Gewalt ist kein privates Problem.

Wenn Sie Hilfe benötigen, wenden Sie sich an die entsprechende Frauen-Helpline gegen Gewalt in Österreich (0800 222 555), Deutschland (08000 116 016) oder der Schweiz (076 516 26 76).

© Sarah Ehrlenbruch

Anne Korth

Geboren 1994, lebt in einem Dorf bei Köln. Sie studierte Philosophie, Germanistik, Literarisches Schreiben sowie Sprachkunst in Potsdam, Leipzig und Wien.